の恋愛模様　次男編

可南さらさ

幻冬舎ルチル文庫

CONTENTS ✦目次✦

北上家の恋愛模様 次男編

✦カバーデザイン＝久保宏夏（omochi design）
✦ブックデザイン＝まるか工房

イラスト・花小蒔朔衣✦

恋の時間

高校の昼休み。チャイムが鳴った教室内で、友人達とともに弁当を囲むこの時間が、祥《しょう》平《へい》にとっては一番楽しみな時間である。

しかも今日は、祥平の好物の春巻き入りだ。母のいない北上家《きたがみけ》ではいつも弟の忍《しのぶ》が朝食を作り、弁当まできっちり包んで持たせてくれる。それがまた美味《うま》いのだ。

「しかし、真生《まお》は本当にいい子だな」

だがそんな昼食の喜びも、つかの間のことだった。同じように弁当を広げていた瀬川《せがわ》匡《たすく》のにやけたような呟《つぶや》きを耳にした途端、祥平はピクリとその細い眉《まゆ》を上げた。

「……へぇ。そうかよ?」

「ああ。なんといっても人当たりはいいし、仕事も丁寧だしな。うちの生徒会でも、ほんとに今年はいい一年生が入ってきてくれたってみんな褒《ほ》めてるよ」

すでに何度耳にしたか分からない褒め言葉に、いちいちピリピリしたところで意味などない。

分かっていてもついつい聞き流せないのは、それが匡の言葉だからだ。

「……悪かったな。どうせ俺は気が強くって、ガサツだよ」

拗《す》ねたように口をへの字に曲げながら祥平がぼやくと、匡は目尻《めじり》を下げてにやりと笑ってみせた。爽《さわ》やかな二枚目には似合わぬその笑みに、なんだか一瞬、嫌な予感を覚える。

「誰もそうとは言ってないだろ? それに祥だって、ものすごく素直でしおらしいときもあるぞ？　ベッドの中なんかは、別人みたいに…」

「……っ」

声を潜《ひそ》めているとはいえ、教室の中でとんでもないことまで言い出した匡に、祥平は頰《ほお》をカッと赤く染めると、腹を肘《ひじ》でどつくようにしてその先を遮《さえぎ》った。

「そういうとこが、お前はオヤジくせぇっていうんだよ！」

こんな奴が県内屈指の進学校である清秋《せいしゅう》高校の生徒会副会長で、高校きっての有望株だと噂《うわさ》されているのかと思うと、腹が立つ。

たしかに成績はいつも上位に名を連ねているし、背が高くてスタイルはいいし、きりりと整った顔立ちは誰よりも男前だ。

くわえて生徒会役員として壇上に上がる姿や、バスケ部のエースとして戦っている勇姿は文句なくかっこよく、周囲からの羨望を受けるに値《あたい》するだけはあると思う。

祥平ですら子供の頃から見慣れたはずのその横顔に、いまだにときおりぽーっと見惚《みと》れてしまうことがあるくらいだ。

だが悲しいかな、まだ高校生だというのにこの男の中身はやや偏っており、とくに恋人に関する言動がその辺のスケベオヤジと変わらないのが、問題だった。

「うるせーぞ。そこのバカップル。ったく、メシくらい静かに食わせろよ」

言いながら、呆《あき》れた様子で目を細めたのは中学からの友人である菊池克実《きくちかつみ》だ。

長い付き合いのある克実は、毎日のように繰り返される二人の痴話《ちわ》ゲンカに今さら動じた様子もなく、すっと祥平の弁当へと手を伸ばしてきた。

「あっ、克実。てめ、勝手に俺の春巻き食うなよ。それ忍のお手製なんだぞ」

「こっちはパン飯なんだ。わびしい友人に、おかずの一個くらい恵んでくれてもいいだろうが」

「よくない。俺の分が減る！」

「……お前らこそ、そんなことで真剣にケンカすんな。ほら、祥にはうちのお袋特製のベーコン巻きをやるから」

自分の弁当から、綺麗《きれい》にアスパラの巻かれたベーコン巻きをぽんと分けてくれた太っ腹の幼馴染《おさななじ》みに、祥平は『サンキュ。これだから匡って好き』と目をキラキラと輝かせた。

「ったく。バカップルめ。しっかし、祥平お前ほんとよく食うよな…。そのちっこい身体《からだ》のどこにそれだけ入るんだ？」

「ちっこい言うな」

友人の臑《すね》を机の下から蹴《け》りつけると、克実は『イテテ』と足を擦《さす》った。

「あのな。その顔でそういうことするから、お前は『見た目うっとり、中はがっかり』とか言われんだよ。この乱暴者が」

「それは匡だろ。見た目は爽やか優等生、中身はエロオヤジなんて、見た目と中身がぜんぜ

ん伴《ともな》ってねーじゃんか」

祥平が漏《も》らした不満に、だが今度は匡が強く眉根を寄せた。

「……それ、祥にだけは言われたくない台詞《せりふ》だな」

「どういう意味だよ？」

「ま、俺から見たらどっちもどっちだけどな。一応、同意しとくわ」

克実と匡は顔を見合わせ、肩を竦《すく》めている。

……なんだよ。二人だけで分かったような顔してさ。

ぷくりとした桜色の唇を尖《とが》らせると、匡は笑いながら、くしゃりと祥平の頭を優しくかき混ぜてきた。それにドキリとする。

　誤魔化《ごまか》されているような気がしたけれど、祥平の好きな優しい笑い方になんだか胸がいっぱいになってしまい、祥平は大人しくもらったばかりのベーコン巻きにぱくりと齧《かじ》り付いた。

そうやって黙っていさえすれば、目の保養としては最高なのに……と、最初にそう言われたのは、たしか小学校の頃だったか。

遺伝子の賜物《たまもの》なのか、北上家は長男の雅春《まさはる》をはじめ、次男の祥平、三男の忍とどれも粒揃《つぶぞろ》いの美形三兄弟として地元でも有名だったが、その中でも祥平の輝きは特に際立っていた。

抜けるような白い肌に、桜色の唇。柔らかな茶色い髪はろくに手入れなどしなくても、いつもつやつやのさらさらだ。

わずかにつり上がった目尻だけが、本来の気の強さを表していたものの、それを差し引いても祥平の見た目は誰もがうっとりと賞賛したくなるほど、美少女のように可憐だった。

しかし、たおやかなその外見を裏切るように、内面は気が強く、手も早い。

見た目に騙《だま》され、うっかりちょっかいなどかけようものなら、容赦《ようしゃ》なく鉄拳が振りおろされるのもこれまた有名な話で、今では軽い気持ちで手を出すような輩《やから》もいなくなったほどだ。

別に祥平としては、自分が他人からどんな目で見られていようと、どんな風に噂されていようと気にもしていない。だが、匡だけは別である。

なにしろ、匡はただの幼馴染みではない。……祥平にとっては、たった一人の恋人でもあるのだから。

匡と祥平がいわゆるそういう関係になったのは、三年ほど前のことだ。

もともと家が隣同士だった上、匡は母一人子一人の母子家庭、北上家は研究以外なにもできない父親と男の子三人という家庭環境だったため、お互いに家族ぐるみで助け合ってきた。同じ物を食べ、同じ物を見て、同じ学校に通い、同じ布団を分け合いながら成長してきたのだ。

いわば家族のような存在なのに、何故そんな相手にあんな……ムニャムニャなことがしたくなるのかはいまだに謎だが、ともかく二人は成長と共に愛を育み、幼馴染みから恋人へと進化してきたのである。

物心つく前から一緒にいたため、恋人になったところで甘いムードなどはないに等しかったが、それでも匡が自分を大事にしてくれているのは分かっていたし、二人きりのときは普段の爽やかでクールな外面《そとづら》からは想像もつかないほど、熱い手でぎゅっと抱きしめてきたりもする。ときどきエロオヤジくさい言動が出るのが玉に瑕《きず》だが、それもまた自分だけが知っている姿だと思えば、口で言うほどイヤでもなかった。

だがそんな関係も、今年の春、祥平の二つ年下の従兄弟《いとこ》である白坂《しらさか》真生が二人の通う高校へと入学して以来、微妙に変化しはじめていた。

匡の口からは先ほどのように、真生を褒める言葉ばかりがよく零《こぼ》れるようになり、それが祥平にはおおいに気に入らないでいる。

……ったく。仮にも恋人の前で、他の奴なんか褒めるなよな。

「なんだよ。最近、みんなして『真生、真生』ってさ。アイツなんて昔はチビの泣き虫で、子供の頃は俺のあとばっかりついてきてたんだぞ？」

「それ、どうせ祥平が苛《いじ》めてたんだろ？」

克実の的確な突っ込みに、祥平はうっと声を詰まらせた。

実は真生のことは従兄弟ながら、祥平はあまりよく覚えていない。おぼろげに思い出すのは、毎日泥だらけになって遊んでいた祥平のあとを、泣きながらついてきていた幼い姿だけだ。

昔から真生と祥平は、二人並ぶと雰囲気や顔立ちがよく似ていると言われていたけれど、天使のような風貌《ふうぼう》をことごとく裏切って、近所のガキ大将として名を馳《は》せていた祥平と、大人しくて泣き虫な真生とでは、間違いなく真生のほうが大人受けがよかった。

『祥平君と真生君って、よく似てるのにねぇ』という大人達の溜《た》め息は、祥平にとっては自分への非難としか聞こえず、その反動もあってか、子供の頃は幼い従兄弟をよくつついては泣かせていた気がする。

だが真生が小学校に上がる頃、彼の持病の喘息《ぜんそく》がひどくなり、転地療養を兼ねて田舎へと引っ越してしまったため、その後は顔を合わせることすらなくなってしまった。

突然、大人達の寵愛《ちょうあい》をめぐるライバルがいなくなって、ほっとしたのと、ちょっぴりの寂しさと。複雑な気持ちを抱えつつも、いつしか祥平は真生の存在を綺麗さっぱり忘れ去っていた。

なのに今頃になって、そのライバルが帰ってきたのだ。

久々に会った真生は、祥平の目から見ても輝くばかりに品よく綺麗に成長しており、『祥ちゃん、久し振りだね』などとにっこりと微笑《ほほえ》まれれば、ぐうの音《ね》も出なかった。

新入生の中でもすでに真生の存在は突出しているらしく、入学二か月目にして、今年の生徒会役員にまで抜擢《ばってき》された。

その上『なりは極上でも、キツくて乱暴者』として有名だった祥平の従兄弟という事実は、その話題性にも大きく貢献していた。

真生はもうあの頃の、泣き虫だった真生じゃない。

すでに祥平の周囲はこぞって『黙ってれば、雰囲気だけは似てるのにな…』とお決まりの文句を並べはじめているし、ついでに一番言って欲しくなかった匡まで、最近は同じような言葉を言い出す始末である。

真生が可愛《かわい》くて優しいことなど、祥平だってよく知っている。

さんざんついて泣かせたはずの自分にまで、恨み言を言うわけでもなく、笑顔で接してくる姿を見れば、いつまでもこだわっている自分のほうがよっぽどガキだということも分かっている。

けれどやっぱり、納得がいかないのだ。

……匡まで、真生の肩を持つことないじゃんか。

「ま、でも仕方ないよな。顔だけカワイコちゃんでも、口汚さと手の早さで恐れられてる誰かさんと、性格までよくできたアイドルとでは、周囲の評価もダンチなんだろ」

「……カワイコちゃん言うな」

しらっとした顔で余計なことばかり言う友人の臑をもう一度蹴り上げると、克実は『だから、そういうところが……』などとぶつぶつ零しつつ、再びその足を撫《な》でた。

祥平は祥平なりに、自分のことをちゃんと理解しているつもりである。

まず態度が生意気だ。口は悪いし、気が短くて手が早い。ガキくさくてすぐスネる。成績も……恥ずかしながら下から数えたほうが早いくらいで、テスト前になるといつも匡に泣き付いている。

我ながら、匡が自分のどこを気に入って好きになってくれたのか、いまだによく分からないくらいだ。

それでも、匡はいいって言ってくれてるんだし。

……だから恋人にもなったわけだし。

人望が厚くて、誰にでも優しくて。スポーツでも生徒会でもやらせればなんでもできる、完璧な男。

そんな匡とちっぽけな自分との差を見せ付けられるたび、祥平は『でもアイツはそんな俺にメロメロなんだし』と何度も言い聞かせてきた。まるで自分自身を力付ける呪文《じゅもん》のように。

けれどもその呪文も、ここにきてあまり功を奏さなくなりつつある。

祥平の苦手な、けれどもその存在を認めずにはいられない、綺麗な従兄弟の出現によって。


「ここ、また皺《しわ》が寄ってるぞ?」

言いながら、祥平が自分の眉間《みけん》のあたりをトントンと指先でつつくと、なにやら小難しそうな資料を片手におにぎりを頬張っていた匡は、ふっと顔を上げた。

「……ああ。悪い」

「つーかさ。メシ食うときぐらいもっとのんびり食ったら？　そんなもんと睨《にら》めっこしてないでさ」

しかめっ面でご飯を食べたところで、美味《おい》しくもないだろうに。消化にだってよくなさそうだ。

「うーん、でも今日の放課後の予算会議までに、ある程度叩《たた》き台を作っておかないといけないんだよな…」

凝《こ》り固まった眉間を指で揉《も》みつつ、重たい溜め息を吐き出した匡の手元を、克実がひょいと覗《のぞ》き込んだ。

「それって今度の部費の予算案か？　副会長って、そんなことまでやらされんの？」

「今は予餞会《よせんかい》やら次の生徒総会の準備でみんな忙しいからな。兄弟校との交流会の打ち合わせも詰めないといけないし、夏休みに入る前には、文化祭のテーマ決めと業者への発注も本格的に進めないとだし…」

「なんか聞いてるだけで、頭痛がしてくるな…」

克実の言うとおりだ。そうじゃなくとも、生徒会とバスケ部を掛け持ちしている匡は、大会に向けての練習も忙しく、朝早くから駆けずり回っているというのに。

「なぁ……」

せめて昼休みくらい、生徒会のことなんか忘れろよと、そう口を開きかけたとき、教室の入り口から声が掛かった。

「瀬川ー。真生ちゃんが来てるぞー」

……げ。

クラスメイトの声に、教室内の視線が一斉に廊下へと集まる。

こちらに向かってぺこりと頭を下げた真生の姿に、匡はすっと立ち上がった。

「真生、どうかしたのか？」

「匡先輩、お食事中にすみません」

さっきまで祥平の前で見せていた仏頂面《ぶっちょうづら》はどこへやら、真生に対してはにこやかな笑みまで浮かべている。

――――おい。なんかそれって、随分な差じゃねーの？

「今日の予算会議の件なんですけど。さっき、サッカー部のほうから追加要請がきて……」

「またか。サッカー部にばかり予算は回せないって、言っておいたはずなんだけどな」

身長が百八十を軽く超えた長身の匡と、小柄な真生がそうして並ぶと、真生の華奢《きゃしゃ》な身体付きがいっそう際立つようだ。

祥平のように、決してバカ笑いなどしないだろう品のある綺麗な顔立ちも、たしかに目を引くものがあった。

「サッカー部が言うには、実績と予算が見合ってないそうです。『去年、うちは県大会でベスト16まで行ったんだし部員も増えたから、野球部より予算が多くていいはずだ』って…」

「また、野球部と揉めてるのか…」

部の年間予算だの実績との兼ね合いだのと、小難しい話をされても、祥平にはよく分からない。

祥平と克実が所属しているバドミントン部は、良くも悪くものほほんとした弱小チームで、学校から配られる部の予算は微々たるものだが文句が出たこともなかった。

だが強豪チームは強豪なりに、どうやら色々と大変らしい。

「どっちも言い出したら聞かないからな。黙らせるにはやっぱり過去のデータも調べなおさなきゃだめか」

「でも、それだと今日の放課後までに間に合いませんよ?」

「分かった。今から生徒会室でやれば、昼休み中には揃えられるだろ。真生は先生から、過去五年間分の資料を借りてきてくれるか?」

二人の会話に聞き耳をたてていた祥平の身体が、ピクリと揺れた。

……これから生徒会に行く？　じゃあ、俺との昼飯はどうなるんだよ？

「分かりました。あっ、匡先輩はお昼まだ途中でしたよね。どうします？」

「あぁ、あっちで調べながら食うからいいよ。真生の方こそ、どうせまだ食ってないんだろ？どうせなら弁当持ってこいよ。一緒に食おう」

「匡っ！」

恋人を放《ほう》って、よりにもよって真生と二人でメシだと？　そんなの許せるか！

慣れない我慢もここまでだ。今にも立ち去ろうとする二人の間を邪魔するように、祥平は声を上げた。

「祥、なんだよ？」

だが疲れたような匡の表情を目にした途端、祥平はなにも言えなくなって、ぐっと言葉を詰まらせた。

匡が忙しい中で、生徒会と部活の両立を頑張っていることは祥平もよく知っている。

それに祥平自身、『寂しい』なんて素直に言えるような性格ではなかったし、そうじゃなくてもここで匡の邪魔をしたら、以前と同じになってしまう。

相手の都合も考えず、ただ甘えて、振り回していた三年前までの自分と。

——冗談じゃない。自分だって少しは成長したのだ。

「あ…のさ。……ええと、そだ。匡、今日の帰りって、何時頃になんの？」

呼び止めた以上、なにかひねり出さねばとない知恵を絞《しぼ》って質問すると、匡は急になんの話だというように首を傾《かし》げた。

「帰り？　ああ…そうだった。祥のとこのバド部って、だいたい5時には上がれるよな？」

「え？　あ、うん。いつもそれくらいだけど…」

「じゃあ、部活が終わったら、先に克実と帰ってくれ」

――はい？

想定外の返事に、口をあんぐりと開けてしまう。

「ちょ、なんでだよ。別に匡が終わるまで、俺も教室で待ってても……」

「待たなくていい。俺は生徒会のあと、バスケ部のほうにも顔出さないといけないし。今日はかなり揉めそうだから、何時に上がれるかも分からないしな」

「……なんか匡、最近、いつもそんなんばっかじゃんか…」

文句を言うつもりはなかったのに、つれない返事につい責めるような言葉が口をついてしまい、きゅっと唇を引き結ぶ。

それに匡はなぜか焦《あせ》った様子であわあわしたあと、誤魔化すようにコホンとひとつ咳払《せきばら》いをした。

「いいから、祥は部活が終わり次第、克実と先に家に帰っててくれ。そのほうが、俺の気も楽なんだよ」

「………わかった」

そこまで言われてしまえば、さすがにしつこくは食い下がれない。

むっつりと黙り込んだ祥平に、真生はクスリと小さく笑うと、匡の袖《そで》をそっと摑《つか》んだ。

「ごめんね、祥ちゃん。匡さん、お借りします」

そうして『時間がないですから……』と匡を急《せ》かすと、真生は匡と並んでクラスを出ていった。その顔に、余裕の笑みすら浮かべながら。

「……なぁアレさ。なんか妙に馴れ馴れし過ぎじゃね？　『匡さん』ってなんだよな。それに俺に『お借りします』って、別に匡はモノじゃねーっつの」

言いながらこっそり中指を突き立てると、克実は呆れた顔で肩を竦めた。

「だから、その顔でそういうことすんなっつーの。ちょっとぐらい仲よくても仕方ないだろ。もともとあいつらも、幼馴染みになるんだし…」

「そりゃ、そうだけど…」

こんなことでイライラするなんて、自分でも心が狭いとは思う。

でも嫌なものは、嫌なのだ。

真生が綺麗な指先で、匡に親しげに触るのも。匡が真生に優しく笑いかけるのも。

――――最近、こんなことばっかだよな…。

別に匡と一緒にいたからといって、大した話をしているわけではない。

昨日見たテレビとか、クラスメイトの話とか、近所の犬の話だとか。……そんなたわいもないことばかりだったが、それでも祥平は楽しかった。ひいては二人にとっても、大切な時間だったはずなのに。

それが最近では話をするどころか、まともに顔を合わす時間さえない。

いつも一緒だった通学も、匡はバスケ部の朝練で先に家を出て行くし、帰りも生徒会や部活で遅くなる。唯一、寛《くつろ》げるはずだった昼休みさえ、最近はこんな風になし崩《くず》しで奪われることもよくあった。

しかも祥平がそれをぐっと我慢している間、真生は匡の隣で綺麗な笑みを浮かべて、ぴったりと貼《は》り付いているのだ。これでイライラするなと言うほうが無理な話だ。

そんなわけで祥平は久し振りに会った従兄弟のことを、急降下の勢いで苦手になりつつあったし、それに反比例するかのように匡は真生を可愛がるようになってきている。

そして、お決まりのあの台詞だ。

『真生はいい子だよな。素直で可愛いし、よく気が付くし…』となっていくわけである。

そうなれば祥平もつい突っかかってしまい、そんな自分にますます落ち込んでいくばかりだった。

「俺だってできるなら……従兄弟は大事にしたいよ」

「ん？　なにか言ったか？」

克実の問いに力なくフルフルと首を振る。そのしょんぼりとした祥平の姿を見ていられなかったのか、克実はポンと一つパンの入った袋を投げて寄越した。

「ほら。お前の好きなアンバタやるから、機嫌直せって」

「……ガキじゃないんだから、食い物で釣ろうとすんなよ」

「あっそ。いらないならいいわ」

「あ、食べる、食べます。……別にいらないとまでは言ってないだろ」

すぐさま引っ込めようとするその腕を摑んで、慌ててパンを引き留める。

『……克実、ありがと』と小さく礼を言うと、克実は目を細めて『どういたしまして』と笑った。

ピリピリと袋を破いて、早速もらったそれを口にする。けれども大好きなはずのアンバタも、なんだかあまり味がしなかった。

——こんなこと……たしか前にもあったっけ。

味のしない昼食に、ふと苦い記憶がよみがえってきてぎゅっと眉根を寄せる。

今は、あのときとは違う。別に、匡から突き放されているわけじゃない。

そう自分に言い聞かせても、一度心に広がった暗雲は、たやすく晴れてくれそうにもなかった。

なぜだかいまだに理由がよく分からないのだけれど、祥平は過去に一度、匡と離れていた時期がある。

あれは三年前、二人がまだ単なる幼馴染みだった頃のことだ。

中学校の卒業式を間近に控えたある日、ひどく沈痛な面持ちで北上家にやってきた匡は『悪いけど、これからはもう祥とは一緒に行動しないから』と突然、そう切り出したのだ。

「はぁ……？」

「通学はもちろん、学校でも家でも、別行動にして欲しい。俺のほうからも声をかけたりしないし、近寄ったりもしないようにするから」

一瞬、なにを言われたのかよく分からなかった。

「……なにそれ。いきなりなんの冗談だよ。まったく笑えないんだけど？」

匡の思い詰めたような暗い瞳に、ぞっとするような冷たさを背筋に感じながらも、祥平はわざと明るく笑って受け流した。

そうしなければならないような張り詰めた空気が、そこにはあったから。

「別に、冗談じゃない」

だが冷たい声で言い返されて、祥平はますます混乱した。

これまでも些細《ささい》なケンカなら数え切れないほどしてきたが、二人が一日以上離れていたことは一度もなかった。大抵は匡のほうが先に折れてくれたし、離れていると寂しくて、どちらからともなく気が付けば寄り添い合っていたことも多かった。

なのに、いきなりのこの絶縁宣言だ。驚くなというほうが無理な話だろう。

だが思えば、夏休みに入る前あたりから、匡は少し変だった。

いつも明るく快活な笑みを浮かべていたはずの彼が、滅多に笑わなくなった。物思いに沈むことが多くなり、口数もだんだんと減っていた。

突然カッとしたように声を荒らげることもあれば、無言のままぎゅっと祥平に抱き付いてきたり。そしてまた同じぐらいの勢いで、振りほどいたりすることもあった。

そんな匡の変化には祥平も戸惑いを覚えたし、ときおりふと見せる苦しげな表情も気にかかってはいたけれど。

たぶん受験を目前に控えて、匡も敏感になっているのだろうと考えていただけに、いきなりのその申し出はあまりにも衝撃的すぎた。

「……いきなり、なんだよ。それ。なんで急にそんなこと言い出したんだよ…？　理由を言えよ」

納得がいかず、縋《すが》るように匡へと手を伸ばす。

だが匡は触れるのすら厭《いと》わしいというような顔つきで眉を顰《ひそ》めると、祥平のその手をさっと避《よ》けた。

──え…。

「……これ以上、祥の傍《そば》にいたくないから」

苦さの入り交じった声で、だがはっきりと匡はそう告げた。

その言葉が、どれだけ祥平の心に深く刺さったかも知らないで。

「…んだよ、それ……」

行き場を失った右手が、だらりと身体の脇に垂れ下がる。

「ど…いうことだよ。ちゃんと、俺にも分かるように説明しろってば！」

そんな理由があるかっていうんだ。

今まで……それこそ互いが互いの半身みたいに、ずっと誰よりも近くにいたのに。

いきなり『傍にいたくない』なんて言葉一つで、匡が自分を切り捨てようとしているだなんて、どうしても信じられなかった。

「匡！」

「……理由なら、もう言った」

だが匡はそう呟いたきり、言い訳の一つもしようとしなかった。

感情の見えないその視線はどこまでも暗く、祥平がときおり目にしたあの苦しげな表情をふと思い起こさせた。

瞬間、祥平は唐突に理解した。

……本気なんだ。匡は、本気で自分から離れようとしている。

誰よりも近くにいたはずの祥平を、今、その手で切り捨てようとしているのだ。

「つまり……これで、絶交ってこと?」

「……そうとってくれても構わない」

絶望的な言葉に、祥平は目の前に真っ暗なカーテンがざっと引かれるのを感じた。

「……分かった」

なぜそんな風に答えてしまったのかは、分からない。

「全然、意味とか分かんねぇけど……分かったよっ! このっ……」

でもこれ以上なにかを言葉にしたら、二人の間にたしかにあったはずのものまでプッンと途切れてしまうような気がして、結局はなにも言えず、祥平はただ拳《こぶし》を振り上げるしかなかった。

匡はそれを避けようともせず、祥平からの暴力を甘んじて受け止めた。

力任せに頬を殴りつけられた瞬間は、さすがに少しふらついていたけれども、これでもう用は済んだとばかりに、無表情のまま匡は祥平の前から立ち去っていった。振り返ることもなく。

右手の拳が、ジンジンとした痺《しび》れを訴えてくる。

殴ったとき、拳があたって切れたのだろう。匡の唇には赤い筋がついていた。

それでも祥平はこの非情な現実を、受け止めることも、理解することもできずに、ただ立ち尽くすしかなかった。

……殴ってしまった。自分よりも大好きだったあの幼馴染みを。この手で思いきり。

そして、自分は捨てられた。

――捨てられてしまったのだ。


そんなことがあったあとも、祥平はまだどこかで楽観視している部分があった。

「ちょっとした冗談のつもりだったんだよ。なのに、いきなり殴るんだもんなぁ」

そう笑って、すぐにでも匡が謝りにやってくるかもしれないと期待もしていた。

……そんな甘い考えは、ただの思い上がりでしかなかったと、すぐに思い知らされる羽目になったけれども。

宣言どおり、次の日から匡は祥平を徹底的に無視しはじめた。

同じクラス内にいても、そこに祥平がいることすらまるで見えていないかのように、一瞥《いちべつ》すらくれなくなった。

二人のこの決別は、校内でもかなりの話題になった。あれほど仲のよかった二人が、視線を合わせず、いきなり一言も言葉を交わさなくなったのだ。

それだけじゃない。隣家で暮らしているというのに、不自然なほど昼も夜も見事に匡とは顔を合わせなくなった。祥平は生活時間を変えていないので、疑いようもなく、匡のほうが避けまくっているのだろう。

その事実に気付いたとき、祥平は改めて愕然《がくぜん》とするしかなかった。

いつも『祥』と優しく名を呼んでくれた。祥平が怒ったり拗ねたりしても、『仕方ないなぁ』と笑って、甘やかしてくれた。

あの誰よりも優しかった幼馴染みが、本気で自分を切り捨てて行ってしまうなどと、考えたこともなかったから。

……本当に、ずっとこのままなんだろうか？

このまま自分は一生、半身をもぎ取られたまま生きていくのか？

そう思ったら、背筋が凍り付くほどぞっとした。

――だって、信じられない。匡が自分を見捨てるなんて。

『傍にいたくない』なんていう冷酷無比な言葉一つで、今までの自分たちまで否定していってしまうなんて。

あのときは頭に血が上って、つい『分かった』なんて言ってしまったけれど、本当は全然分かってなんかいやしなかった。今さらと言われても、あのときなぜもっと強く匡をひき止めなかったのか、そのことを激しく後悔するばかりだ。

それから一週間もたたずに、祥平は音を上げた。

子供達の間に流れる不穏な空気は、家族にも伝わっていたらしい。祥平が久し振りに瀬川の家を訪れると、匡の母は大喜びで迎えてくれた。

これで慣れない二人の喧嘩《けんか》も終わる……と、そう踏んでいたに違いない。祥平自身もそれを信じ切っていたのだから。

突然、匡がキレてしまった理由についてはよく分からなかったが、きっと知らないうちに、自分が匡の気に障《さわ》ることをしてしまったのだろう。

受験のことだってそうだ。匡は祥平に教えることばかり優先していたせいで、自分の勉強は二の次になってしまっていた。それでも、余裕で合格していたけれど。

思えば自分はこれまで、匡におんぶに抱っこで甘え過ぎていた。

それを反省して、今回は祥平のほうからきちんと詫《わ》びを入れよう。きっとそれで全てが済むと、そう信じていたのだ。

「匡？　入るぞ」

だがドアはピタリと閉じたまま、ピクリとも動かなかった。

「匡？　……おい。なんで部屋に鍵《かぎ》なんか掛けてんだよ？」

これまで一度だって、この部屋のドアに鍵が掛かっていたことなんてなかったのに。

「なぁ！　……匡？　なぁ、ここ開けろよ」

イラつきと、不安と、底知れぬ恐怖と。その全てをひっくるめた焦燥感が、喉《のど》の奥からじわじわとせり上がってくる。

助けを求めるように、祥平は閉じられたままの扉を繰り返し叩いた。

「匡っ、匡ってば！」

その名を呼んで、叩く手に力を込める。

硬く冷たいドアの感触に、世界が絶望に塗りつぶされていくのを感じながら。

「……話すことなんか、なにもない」

だが中から聞こえてきたのは、そんな冷たく冴《さ》えた声だけだった。

「帰れよ。うちにまで来たりするなっ！」

完全な拒絶。それに言葉を失った祥平は、呆然《ぼうぜん》と立ち尽くしたまま、いつまでたっても開かれることのない扉をじっと見つめた。

「……んで？　俺、そんな……悪いコト…した？」

声が震えてしまうのが自分でも分かる。でも今はもう、そんなことに構ってなどいられなかった。

「謝る。俺、謝るから……。匡がなんか怒ってるなら、俺ちゃんと謝るから。なぁ……匡、ここ開けてよ…」

必死だった。このまま引き下がったら、このドアは閉じられたまま、もう二度と自分を受け入れてはくれないだろう。

今ならば、はっきりとそう感じられた。

「ごめん。匡……。なぁ……匡ってば…」

「やめろよ！　謝ってなんか欲しくない！」

容赦のない声だった。

ドアの向こう側から叩き付けられたそれは、祥平への絶縁状に他ならないのだと、感じ取れるほどに。

「帰れよ！」

さらにたたみかけられて、祥平はその場で震える以外、なす術《すべ》がなかった。

「……たす…」

「もう、うちには来るな！　……祥の傍にはいたくないんだって、俺はちゃんと言ったはずだろっ？」

謝る余地すらも、もらえなかった。

――本気なんだ。

最初にその言葉を告げられたとき、匡の本気をどこかで感じとりながらも、認めたくなくて気付かないふりをしてきたけれど。

……ここまではっきり拒絶されては、もう誤魔化すこともできやしない。

匡の母が止めるのも聞かずに、祥平は階段を駆け降りると、瀬川の家を裸足《はだし》のまま飛び出した。目の前にある自宅には飛び込む気になれず、近くの河原に向かって、ただやみくもに走り出す。

目の前はもうグチャグチャで、夜の河原は真っ暗で、それでも祥平は構わずに走り続けた。

「……うわぁぁぁっ」

口から溢《あふ》れ出た叫《さけ》びが、足を取られて土手の斜面を転がり落ちた拍子に出たものなのか、それとも引き裂かれた心がズキズキと痛くて出たものなのか、祥平にはもう分からなかった。

ただ喉の奥が詰まって、心臓に杭《くい》を深く打ち込まれたみたいに、胸が痛くて、痛くて。

——どうして、こうなってしまったんだろう？

自分がバカすぎるのかもしれないけれど、匡にここまで嫌われてしまった理由が、どれだけ考えてみてもよく分からなかった。

分かっているのは……匡はもう二度と自分の傍にはいてくれないのだという、そのことだけだ。

熱いものが、あとからあとからどっと溢れてきて止まらなくなり、気付けば祥平は草むらの中に顔を埋《うず》めるようにしながら、大声を上げて泣いていた。

身体中の水分が枯れ果ててしまうんじゃないかと思うほど、過去最高に泣きじゃくった。

匡…っ。匡……。

声にならない名前を繰り返しながら、嗚咽《おえつ》を漏らす。そうして祥平は心配して探しにやってきた弟の忍や、兄の雅春に見つかるまで、ずっとそこで震え続けていた。

優しく頬を撫でる春の風さえ、胸にぽっかりと空いた大きな穴を吹き抜けていく突風のように感じられて、あまりの痛さにじっと身を縮めることしかできなかったのだ。

次の日から、祥平は努めて明るく振る舞った。

匡が自分を切り捨てるつもりなら、こちらだってそうしてやると思ったわけではないが、表面上だけでも匡がいなくても平気なフリをしていないと、とてもやっていられなかった。

寂しさはいつまでたっても慣れることはない。けれども平気なフリでもしていないと、その寂しさはますます膨らんで、ふいに祥平の意識をさらっていこうとする。そうならないためにも、わざと明るく振る舞うしかなかった。

そんな中、いくつかの変化があった。

祥平と匡が二人セットのように一緒にいたときは、あまり近寄ってこなかった相手から、祥平はよく声をかけられるようになった。

初対面のくせにやけに馴れ馴れしかったり、ベタベタしたがるような奴らばかりで、うっとうしいことこの上なかったが、それでも穴の空いたような寂しさを紛らわせるにはちょうどよかった。

それと同じように、匡の周りにも人が増えていた。

ずっと気が付かずにいたけれど、祥平がこれまでいた位置に入りたがっていた奴は、ごまんといたらしい。すなわち匡に一番近い、その隣の席に。

快活で優しい、優秀なクラスメイト。そんな匡は昔から男女問わず人気があると知っていたけれど、祥平がいなくなった途端、他のやつらが我先にと匡の隣に居座っているのを見るのは、正直我慢がならなかった。

とはいえ、もはやどうすることもできなかったが。

そうして――そのときになって、やっと祥平は気が付いたのだ。

今まで自分が、どれだけ匡に甘えきっていたのかということを。

物心付いたころから一緒で、なにをしても匡が笑って許してくれるのをいいことに、自分はずっと我が儘《わまま》ばかりを通してきた。匡を言葉一つで振り回したり、拗ねたりして、他の誰よりも自分を優先させてきた。

どんなに祥平が甘えても『仕方ないなぁ』と笑って許してくれる匡を見て、それがいつの間にか当たり前のように思っていた。

その事実に思い当たった瞬間、祥平は頭の中で深い霧がぱっと晴れた気がした。

……嫌われて、当たり前か。

匡なら、他に友人はいくらでもできる。それをただ昔から隣に住んでいたという理由だけで、匡は自分のものだと思い込み、振り回し続けてきたのだから、しっぺ返しを受けるのは当然の流れなのだろう。

「なん、だ…。そっか……」

匡は自分の半身だなんて、そんな傲慢《ごうまん》な思い違いをしていた自分は、彼に嫌われて、捨てられて、それが当然だったのだ。

匡はこのところずっと、なにかに思い悩んでいるようだった。

それを知っていながら、自分はなにもしようとしなかった。

「なぁ、なに暗い顔してんの？」

そう尋ねてみても、匡はただ『別に…』と苦笑するだけだったから、水くさい奴だなくらいにしか思っていなかったのだ。

これがもし反対の立場だったら、匡は進んで祥平の相談役を買って出てくれたことだろう。なのに自分は、それ以上、尋ねてみることもしなかった。

いつの間にか、一緒にいても会話が少なくなっていた。匡との沈黙は心地いいから、それを別になんとも思ってはいなかったけれど。

もしかしたらあの頃から、匡はいつ祥平を切り捨てようかと思い悩んでいたのだろうか。せめて受験が無事終わるまでは……と、嫌で嫌でしかたないのに、ずっと我慢して付き合ってくれていたのだろうか…？

そう思ったら、目の奥がじわりと熱くなって、枯れ果てたはずの涙がまた滲《にじ》み出してきた。

匡はきっと、疲れ果ててしまったのだ。我が儘で甘ったれな、幼馴染みの子守に。

今さらその事実に気が付いたところで、あの優しかった時間が戻ってくるわけではなかったけれど。

それからというもの、祥平は見知らぬ奴らと一緒になって、バカ騒ぎを繰り返すようになった。卒業式が済み、春休みに入ってからはますますそれが加速した。

家にいれば、匡の家まで目に入ってきてしまう。

それが嫌で、祥平は毎晩夜遅くまで、よく知らない仲間達と街をフラフラと遊び回った。

見るに見かねた忍や雅春、なぜか克実までもが『あんな奴らとフラフラするのはやめろ。そのうち痛い目みるぞ』と忠告してきたが、聞く耳を持つ気にはなれなかった。

……痛い目なんてみたっていい。もう、どうだっていい。

祥平は我が儘でガキくさくて、たった一人の親友すら思いやれなかった自分が、大っ嫌いだったのだ。

「おい、高槻《たかつき》さんが来たぞ。挨拶《あいさつ》しろよ」

部屋の隅でぼーっと膝《ひざ》を抱えていた祥平は、志岐《しき》の声にふと顔を上げた。

この部屋の持ち主である志岐は、最近、祥平が一緒になってフラフラしている仲間の先輩だと聞いている。金持ちのボンボンらしく、広い自宅をたまり場代わりに提供し、集まった後輩達にちょっとした危険な遊びを教えるのが楽しみという、少し変わった男だった。

そのためこの家には、アルコールや煙草《たばこ》はもちろん、ときには怪しげな薬まで用意されているらしい。

祥平自身はそうしたものにまったく興味がなかったが、みんながわいわいと騒いでいる様子をぼーっと眺《なが》めるのは好きで、最近はたびたびたまり場にも顔を出すようになっていた。

見れば志岐と一緒に部屋に入ってきたのは、黒の革ジャケットを身につけた若い男だ。大学生くらいだろうか。つやつやとした黒髪に鋭い目つきが印象的で、見上げるほど身長が高い。

いつも威張り散らしているはずの志岐が、珍しく自分からヘコヘコと頭を下げているところを見ると、頭が上がらない相手なのだということは分かるが、祥平は初めて目にする顔だった。

「……あれ、誰？」

「あ？　祥平は高槻さんと会うの初めてだっけ？」

頷《うなず》くと、隣にいた仲間が小声で口を開いた。

「まぁあの人は一匹狼《おおかみ》で、あんまりこういう集まりに顔出さないからな。高槻さんは、ここらじゃ色々と名の知られた人なんだよ。あちこち顔が広いし、バイク乗りとしても有名でさ。ケンカもすっげー強ぇらしいよ。たしか志岐さんの高校のＯＢになるんじゃなかったっけ」

「へぇ…」

志岐と同じ有名私立高校出身というと、彼もボンボンということだろうか。

ちらりと視線を向けると、なぜか高槻のほうも祥平を見据《みす》えるように、じっとこちらを見つめてきた。

「お前が祥平だろ？　噂に違《たが》わず、たしかにカワイコちゃんだな」

いきなり見知らぬ男から名指しされ、その上初対面で『カワイコちゃん』などと評価されて、いい気などするはずもない。

「……そりゃどーも。俺はアンタに名前を教えた記憶なんてないけどな」

負けじと睨みながら言い返すと、途端に周囲からどよっとざわめきが起きた。

「祥平。お前な…。生意気なのもいい加減に…」

「ああ、いい。別に気にすんな」

志岐が色めきたつのを遮ると、高槻は部屋の中央に置かれたソファにどっかりと腰を下ろしながら、ニヤリと笑った。

「お前の話は俺のツレから聞いてたんだよ。……ふうん。随分とイキがいいんだな？」

――――俺は魚かなんかかよ。

そうムッとしつつも祥平は、目の前のこの不遜《ふそん》な男から目が逸《そ》らせなかった。

志岐のように、金や酒をちらつかせて後輩達に威張りちらしているだけのヤサ男とは、わけが違う。

こういうのをオーラと呼ぶのだろうか。高槻がそこにいるだけで、なんとなく周りに漂う空気が違うのだ。

それに気圧《けお》されるようにしてふいと視線を外すと、高槻も祥平にそれきり興味をなくしたように、取り巻き達と談笑を始めた。

それにほっとしながら、祥平も再び部屋の隅で膝を抱える。

煙草とコロンとアルコール。それらの匂いが充満したざわざわとした部屋で、祥平はぼーっとするのが好きだった。その間だけは、なにもかも忘れていられるから。

「なぁ、いつもそんなところでなにやってんの？」

いつの間にか祥平の隣には、あまり話したことのない年上の男が座っていた。たしか志岐の友人だったはずだ。

「別に。……ぼーっとしてる」

「いつも炭酸かオレンジジュースじゃつまんねぇだろ。ほら」

ぐいと差し出されたグラスの中身は濃い琥珀色《こはくいろ》で、アルコールの度数が高めだろうことは一目で見て取れた。

「いい。いらない」

「なんだ。いきがってたわりに、中身はお子様なんだな」

鼻先でフフンと笑われて、カチンとくる。

「…せぇなっ。飲みゃいーんだろ！」

この負けず嫌いな性格が自分の首を絞めていることは分かっていたが、今さら引っ込みもつかずに、祥平はグラスを奪い取ると一気に呷《あお》った。

途端、喉の奥に焼けるような熱さを感じて、ごほごほっと激しく咽《む》せてしまう。

「あーあ。無理すんなって」

胃の中までジリジリと焼け付くように熱い。

とてもではないがあんなものを美味しいとは思えなかった。先ほどまで飲んでいたオレンジジュースのほうがよっぽどましだ。

「どうせ飲むならこっちにしとけよ。これなら甘くて飲みやすいぜ？」

「…もういい…」

だが新たに差し出されたグラスを断ると、男はニヤニヤとした笑みを浮かべながら、祥平の肩にその腕を回してきた。

「祥平ちゃん。なぁ……お前ってさ、その辺の女よりよっぽどキレーなツラしてっけど、もしかして中身も女の子だったりするわけ？　お酒なんて、私怖くて飲めませーんってか？」

ものすごくカチンときた。

自分でも情けないと思うが、この手の挑発に祥平は昔から弱いのだ。相手がわざと怒らせていると分かっていながら、出された手に噛《か》み付かずにはいられなくなる。

「別に…っ、酒ぐらい飲めるっつってんだろ」

ニヤニヤと笑っている男の手からグラスを奪い取り、再び傾けていく。

だがその中身を無理やり胃の中へと流し終えた瞬間、目の前がグラリと歪《ゆが》んだ。

……なんだ？　……こ…れ……？

「あー。だめだって、もっとゆっくりと味わわなきゃ。……さっきのと合わせると、結構クルだろ？　これ、慣れてないヤツは回りが早いんだよな」

隣の男がなにを言っているのか、もはや祥平は理解ができなかった。

激しい心臓の動悸と、いきなりの浮遊感。

突然、宇宙に放り出されたかのような心許《こころもと》なさに、激しい吐き気を覚える。身体の芯《しん》からぐにゃりとしてきて、座っていることもままならない。

「おいおいー、祥平ちゃん？　なぁ、大丈夫かよ」

ずるずると床に崩れ落ちていく祥平の首筋を、男がねっとりと撫で回してきた。

「や…め…」

「息苦しいなら、ボタン外した方がいいぞ」

「嫌…だ…って……んだろ」

か細い声で訴えても、祥平はまとわりつく男の手を払い除《の》けることができなかった。

世界がぐるぐると回ったまま、目を開けてもいられない。

「お前……そういう顔すっと、マジで可愛いなぁ。妙に色っぽいし」

仰《の》け反《ぞ》らせた首筋に、生暖かいなにかが触れたのが分かった。

それが自分の上にのしかかってきている男の舌だと知った瞬間、背筋が凍り付くほどぞっとした。

「…嫌…だ……っ」

思考のまとまらない頭で必死に逃れようとしてみても、押さえ込まれた身体にはろくな力が入らない。

そうした微《かす》かな抵抗や、鼻に掛かったような甘い声が、かえって目の前の男を誘っていることにも気付かぬまま、祥平は震える手で必死にもがき続けた。

「おいおい、そこでなに面白いこと始めてんだ?」

「なんだよ。お前一人でいい思いしてんじゃねぇよ」

それまで様子を窺《うかが》っていたらしい何人かが、美味しい場面を目敏《めざと》く見付けてすり寄ってくる。その気配にぎくりとして、祥平はもがく手に思いきり力を込めた。

「押さえ付けろ!」

誰が最初にそう叫んだかは分からない。それでもその一言が、その場にいた男達を一つにした。

役割も決めていないのに誰かが右足を、もう一人が左足を。そして残された者が、祥平の腕と細い首とを次々に捕《とら》えていく。祥平は押さえ込まれる恐怖に無我夢中で暴れまくったが、その抵抗は獣《けもの》と化した男達の前であまりにも無力だった。

取り囲む男達の鼻息はどれも荒く、目はぎらぎらとした輝きを放ちながら、祥平の衣服を容赦なく剝《は》いでいこうとする。

「はな…せっ! 嫌だ……っ」

その悲鳴に呼応するように、男達の手に力が籠《こ》もり、着ていたシャツがビッと裂けた。ブチブチと鈍い音がして、ボタンが周囲に弾け飛ぶ。

祥平の透けるような白い肌が蛍光灯の下で露《あら》わになった途端、誰からともなく、ごくりと唾を飲むような音が聞こえた。

「早くしろよ！」

「次、俺なっ？」

男達が我先にと、その肌の感触を確かめはじめる。

身体中を這《は》い回る、幾つもの汗ばんだ指と、舌と、視線。今にも吐きそうなほど気色が悪いのに、なす術もなくただ犯されていくしかない。

――嫌だ……っ！

救いを求めて伸ばした腕が、虚《むな》しく空を切る。それでも祥平は力の入らない手足をばたつかせて、必死の抵抗を続けた。

「お遊びは、それぐらいにしとけ」

地獄のような時間が、いつ終わりを告げたのかは分からなかった。

ふっと身体が軽くなった次の瞬間、頭上から降ってきた低い声に、シンとその場が静まり返る。

そこでようやく、自分の上に群《むら》がっていた男達がいなくなったことに気付いた祥平は、のろのろと起き上がりながら震える手で自分の状態を確かめた。

着ていたはずのシャツは見るも無残に引き裂かれ、すでに形を成していない。ジーンズは強引に剝ぎ取られて、下ろされ掛かった下着が腿の辺りまでずり落ちていた。

震えて感覚が戻らない指先でそれらを必死に直しながら、祥平は男達の視線から身を隠した。もう二度と……誰にもその身を触れさせないように。

「……パーティの途中で水を差すなんて、ルール違反ですよ？　高槻さん」

志岐がつまらなそうに、ぼそっと呟く。

見れば周囲には、高槻に次々と投げ飛ばされたらしい男達が、毒気を抜かれたような顔をして、祥平の前に立つ男を見上げていた。

「ルール？　そんなもんが、こんなくだらねぇ遊びにあるとは思えねぇけどな」

低く笑った高槻の身体が、ゆらりと大きく揺れるのに気が付いて、志岐はごくりと喉を鳴らした。

「それにコイツになんかあると、俺のツレがうるさくてな。……悪いがコイツはもらって帰るぞ？」

高槻はここへ来たときと変わらずのほほんとした調子で話をしているが、その瞳の鋭さだけは別人のように違って見えた。まるで獲物を前にした獣だ。

これまで自分たちがどんなバカ騒ぎをしていようと、別の次元からただ観察してるだけだった高槻が、今、その牙《きば》を本気で覗かせている。そのことに気が付いたのか、志岐はさぁっとその顔を青ざめさせた。

「……すいませんでしたっ」

志岐が慌てて頭を下げると、周りでそのやり取りを見ていた男達も、あとに続くようにして次々と頭を下げていく。

高槻が本気を覗かせたのはほんの一瞬のことだったが、それだけでも自分たちが敵《かな》う相手ではないと、思い出すには十分だったらしい。

「ほら、祥平。立てよ」

蹲《うずくま》ったままの祥平を横から抱き上げようと、高槻が手を伸ばしてくる。

瞬間、祥平は反射的にその手を振り払っていた。がりっと小さな音がして、はっとしたときには高槻の頬に赤い傷が一筋、走っていた。

「お前な…」

シンと静まり返った空間に、再び緊張の糸が張り詰める。

だがこれ以上、誰にも弱みを見せまいと傷付きながらも気丈に睨み返してくる祥平の視線に、なにを思ったのか、高槻は突然くくくっと肩を震わせて笑い出した。実に愉快そうに。

「まったく……飽きねぇヤツだな」

わざわざ助けてやった相手から、思わぬ反撃を食らったのだ。

怒り出し、放り出されても仕方ないと覚悟を決めたというのに、その笑い顔には呆気《あっけ》にとられてしまう。

そんな祥平に向かって、高槻は笑いながら『ほら』ともう一度手を差し伸ばしてきた。その手を自分から取るのが、まるで祥平の義務だというように。

しばらく差し出された手を見つめていた祥平も、高槻の笑みに毒気を抜かれて、ためらいつつもゆっくりと自分からその手を握った。

「よしよし。いい子だな。んじゃ帰るか」

まるで野生の猫でも飼い慣らしたかのように高槻は楽しげに笑うと、祥平の肩に自分が着ていた革のジャケットを上から掛けてくれた。

震えそうになる足元を叱咤《しった》しながら、祥平は自分の足でしっかりと立ち上がり、ドアへと向かった。

もはや仲間でもなんでもなくなった男達を、一度も振り返ったりはしなかった。


「……ありがとう、ございました」

『家まで送ってやるよ』という高槻の申し出は、さらに借りを増やすようで嫌だったが、まだ足元がふらついていたこともあり、祥平は素直にその言葉に従うことにした。

こんな大型バイクの後ろに乗るのも初めてだったが、高槻に教えられたとおりしっかりとその腰に摑まり、自宅の住所まで送ってもらう。

「上着はちゃんとクリーニングに出して返すので、連絡先を…」

言いかけたそのとき、腕をふいに強く摑まれて祥平はビクッと身体を強張《こわば》らせた。

それでも逃げ出さず、反射的に高槻を睨み返してしまったのは、元来の気の強さのせいだろう。

「お前さ、顔に似合わないことはもう止めとけば？」

そんな祥平を見下ろしながら、高槻はニヤニヤと笑っている。

いつもだったら、勝手に言ってろとばかりに反発するところだが、さすがにこんな失態を見せてしまった後では、憎まれ口も出てこなかった。

「お姫様はお姫様らしく、自分に似合った役柄を演じていりゃいいんだよ。分かったか？カワイコちゃん」

ポンポンと子供のように頭を叩かれながら揶揄《やゆ》されても、祥平自身、自分の愚かさを実感したばかりなだけに、いまはその言葉を甘んじて受け止めるしかない。

「……分かりました」

「おい、本当は分かってねぇだろ……。お前、その目と言葉が合ってないんだよ。ほんっと退屈しねぇ奴だなぁ。……面白い」

一応、しおらしくしたつもりだったのに、高槻を睨み返す自分の目だけは正直だったらしい。

そんな祥平をなぜか高槻は気に入ったらしく、今も目を細めて笑っている。その男の頬に、小さなひっかき傷がついているのを見つけて、祥平はぎゅっと眉根を寄せた。

……変な男だ。初対面の生意気なガキを、わざわざその窮地から救ってやったにもかかわらず、恩を仇《あだ》で返されたのだ。普通なら怒鳴り散らすか、放り出しているところだ。なのにそんな自分を、目の前の男は面白いと笑っている。

そして祥平自身も信じ難いことに、どうやらこの男を気に入っているらしかった。

そうじゃなきゃ、いくら助けられたからとはいえ、思い出すのもおぞましいあんな奴等の仲間など、いますぐ切って捨てたいと思っていることだろう。

「アンタも相当、面白いよ」

「はは。それだけ言えりゃ、もう大丈夫だな」

高槻は口の端を少し歪めるように笑って、祥平を見下ろしてきた。

その皮肉げな笑い方が一瞬、誰かを思い起こさせるような気がして、祥平は高槻の横顔を食い入るように見つめてしまう。

「ん？　なんだ？」

メットを被り直す高槻のＴシャツを、祥平はつんつんと引っ張った。

別れる前に、どうしても聞いてみたいことがあったことを思い出したからだ。

「なぁ、あんたの言ってたツレって誰？　もしかして、そいつがあんたに俺のこと頼んでくれたの？」

高槻が祥平を助けてくれたのも、わざわざここまで送り届けてくれたのも、多分その人物からの要望なのだろう。そうでなければ、この男がわざわざ自分からあんなバカげたパーティに出向いてくるとも思えなかった。

「さーてな。まぁ、でも別にそれだけじゃないぜ？　俺もお前を気に入ったしな。アイツが入れ込む気持ちもよくわかる」

「だからさ、それっていったい…」

誰なんだよと言い募《つの》る祥平を軽くあしらうように、高槻はクイと顎《あご》を上げた。

つられたように顎の先を辿《たど》ると、家の前でこちらをじっと凝視している人物と目が合って、祥平ははっと息を飲んだ。

「……匡…」

一か月ぶりに間近で目にしたかつての親友は、なぜか以前よりも暗い目をして、げっそりとやつれたように見えた。

その姿を目にした瞬間、祥平はこれまで堪《こら》えていた全ての感情がほどけて、喉の奥から言葉にならない感情がどっとこみ上げてくるのが分かった。

ずっと忘れたい、忘れたいと、祈りのように呟きながら……本当は誰よりも一番会いたかった人。

だが匡のほうはそうじゃなかったはずだ。手のかかる幼馴染みの子守からやっと解放されて、新しくできた友人達と、この世の春を謳歌《おうか》しているはずではなかったか。

でも……ならどうして、匡はあんなにも暗い目をしているんだろう？

しかも祥平と同じように、まるでなくしてしまった心の半分をようやく見つけたかのような、今にも泣き出しそうな顔をして。

「ほら。無事、お姫様は送り届けたぜ。あとはそっちでなんとかしろよ」

互いを見つめたまま無言で立ち尽くす二人に、高槻は手を振ると、これでお役ご免だとでも言うように、颯爽《さっそう》とバイクを走らせていった。


「そんなカッコで家に帰ったら、忍や雅春さんが死ぬほど心配するだろ。……とりあえず、うちに来たほうがいい」

そんな風に言われてしまえば、祥平は黙って匡のあとについていくしかなかった。

緊張しながら、久し振りの瀬川家の階段を一歩ずつ上がっていく。

もう二度と自分の前では開かれることがないと思っていた部屋の扉を、匡は祥平の前で黙って開いた。

促されてベッドの端に腰を下ろすと、祥平は俯《うつむ》いたまま、自分の足元をじっと見つめた。

「……なにがあった？」

そう匡には聞かれたけれど、答えたくなくてただ小さく首を横に振る。

バカな真似はやめておけとさんざん周りからも言われていたのに、ヤケになって愚かな選択を続けた結果、こんな事態を招いてしまった。そのことを匡にだけは知られたくなかった。とはいえこの有様では、なんとなくなにがあったかは伝わってしまっただろうが。

「シャワー、浴びるか？」

溜め息交じりに問いかけられて、もう一度プルプルと首を横に振る。

あの男達の手汗や唾液《だえき》で汚《けが》されたことを思うと、ぞっとするほど気持ち悪かったが、それでも今はもうここから一歩も動きたくないという、その思いのほうが強かった。

久し振りに足を踏み入れた匡の部屋からは、いつも自分を包んでくれた、優しく懐かしい匂いがした。日向《ひなた》のような彼の匂いが。

それを胸いっぱいに吸い込んだ途端、祥平は目の前の景色が、じわじわと熱く滲んでいくのを感じた。

……ヘンだ、俺。あんなに怖くておぞましくて、自分が情けなかった瞬間にだって、涙なんか一粒も出なかったのに。

この感じには覚えがあった。鼻にツンとくるような、胸の真ん中が重苦しくなるような、喉元をせり上がってくる熱さ。

「祥……、どうした？」

じっと俯いたままの祥平の肩に、そっと匡の手が触れてくる。その手のひらの熱さを感じたとき、ぱたぱた……と音を立てて、祥平の目から熱い雫《しずく》が太腿《ふともも》に滴《したた》り落ちていった。

「……っ」

祥平がこの部屋に入れなくなったのは、たった一か月前の夜のことだ。

だがそれからの一か月間は、永遠とも思えるほど祥平にとっては長い時間だった。

あの日から匡は、自分とだけは目線を合わせなくなった。

話をすることはもちろん、こんな風に傍に寄ることも許されなくて、祥平は何度もあの決別の夜を思い返した。

――いつの間に自分は、こんなにも匡に嫌われてしまったんだろう？

彼に甘え過ぎていたからだとか、振り回しすぎていたからだとか、自分がバカだった理由ならいくらでも思い浮かんだけれど、それら全てを謝罪してでも、本当はずっと仲直りして欲しかった。もう一度『祥』と名前を呼んで、笑いかけて欲しかった。

だがいくらそう望んでみたところで、また匡から手ひどく拒絶されるんじゃないかと思うと、怖くて、惨《みじ》めで。あれから一歩も動き出すことができなかった。

その相手が今、目の前にいる。

あの日、閉じられたままだった部屋の扉を開けて、自分の名を呼んでくれている。

たったそれだけのことが、震えるほど嬉しかった。

「祥？　もしかして、どこか痛むのか？」

俯いたまま、いきなり声もなく背を震わせはじめた祥平を前にして、匡がひどくおろおろしているのが分かる。

「どこか、その……ケガしてるのか？」

自分を心配してくれていると分かるその声に、祥平はますます涙が止まらなくなるのを感じていた。

ぼろぼろに傷付いた相手をただ放っておけなかったからだとか、たとえば同情だったとしても、もう構わなかった。

「うー…、う…う…う…」

それまで枯れ果てたと思っていたのが嘘《うそ》みたいに、一度堰《せき》を切ったら、涙は後から後から溢れて零れ落ちていく。

「…祥？」

途方に暮れたように呟く声は、紛れもなく自分の名を呼んでくれている。

何度、それを願っただろう？

何度も何度も、夢を見た。そしてそのたび、目覚めた朝が辛かった。

夢の中でなら……匡は以前のように祥平の名を呼び、笑いかけてくれるのに。

「ふっ……く。……ぅぅ」

なにも言わず、ただ子供のように泣きじゃくる祥平の頭へ、困った様子で匡が手を伸ばしてくる。

その指先が、祥平の泣き濡《ぬ》れた頬へと触れてきた次の瞬間、祥平はものすごい勢いで引き寄せられ、匡の腕の中にぎゅっと抱きしめられていた。

「ああ、怖かったんだな。もう大丈夫だから……」

言いながら匡は、祥平の背中を擦ってくれた。

何度も何度も、優しく慰《なぐさ》めるように。

――怖かった。この腕をなくしたことが、なによりも。

「祥。もう大丈夫だよ」

そう繰り返し言い聞かせてくる匡へ、祥平からもおずおずと手を伸ばしていく。

いつの間にか一回り近く差が付いていた、大きな身体。その首筋へ縋り付くように祥平が手を伸ばしても、匡はもう嫌がったりはしなかった。

傍に来るなと、強く突き放すことも。

「祥平、祥…。もう大丈夫だから」

「うぅ……っ、うっ…うっ……っっ」

優しく背を撫でられながら、再び名を呼ばれたとき、それまでずっと抑えていたものが全

部、どっと溶け出した気がした。

『どうしていきなり俺のこと嫌いになったの』だとか、『なんで謝らせてもくれなかったんだよ』だとか、色々とぶちまけたいことはたくさんあったはずなのに。

そんなもの、もはやぜんぜん意味などなさないことを、祥平は今さらながらに思い知っていた。

涙でぐちゃぐちゃな顔と同じくらい、全部が溶けて、流れ出していってしまう。

「たす…く…っ。匡…、匡……」

ただ一人、その名を持つ男の胸の中では。


「そっちの腕も上げて…」

匡が促すと、祥平は素直に右手を上げた。だが左手はこちらの首筋にしっかりと抱きついたまま、離れようとしない。

自分にしがみついてくる身体を好きなようにさせながら、匡はその腕へ器用に蒸しタオルを当てていった。

ぴったりとくっつかれたままでは、拭《ふ》きづらいことこの上ない。宥《なだ》めてみたものの、匡と少しでも離れるのを嫌がる祥平に、匡はあえて無理強《むりじ》いはしなかった。

先ほどまでさんざん泣きじゃくり、目を赤く腫《は》らしたままの祥平は、今では人が変わったようにぴったりと口を閉ざして、匡の言いなりになっている。

どうやらなにか我が儘を言ったら、また匡にこの部屋から追い出されるのではないかとビクビクしているらしかった。

「……っ」

背中を拭いているうちに擦《す》り傷《きず》に染みたのか、祥平がふいに身体を強張らせた。

本人は無我夢中でよく覚えていないみたいだったが、どうやらかなり暴れて抵抗したらしい。ボロボロのシャツを脱がせたとき、その細い身体にはあちこちに赤や青の痣《あざ》ができていた。

手首の内側には誰かに摑まれたような、大きな指の跡もあった。痛ましいそれは、祥平の細すぎる首にもくっきりと残されていた。

それらを目にした瞬間、匡はギリと奥歯を噛みしめ、それきりむっつりと押し黙った。

見間違えようもない蹂躙《じゅうりん》の証《あかし》。その痕跡を丁寧に、一つ一つ匡の手で拭き取っていってやる。

「寒くないか?」

尋ねると、ふるふると小さな頭が横に振られる。それにほっとしながら、匡はタオルを再び洗面器に浸していった。

洗面器に汲んできたお湯はすぐには冷めぬよう、手を入れれば染みるほどに熱くしてある。だがそのお湯すらも敵わぬほどの熱さで、自分の中を流れる血液がふつふつと煮え滾《たぎ》っていることを、匡は強く感じていた。

擦り傷や痣に混じって、祥平の肌にはいくつかの嚙み跡や、きつく吸われたらしい赤い跡も残されていた。

いったい何人の男がこの滑らかな肌に指を滑らせ、唇を這わせたのか。……それを思っただけで、目が眩《くら》むほどの怒りが沸き起こってくる。

これでは、自分が死ぬ思いで告げた別れの意味がないではないか。

——自分がこの幼馴染みのことを、いつからそういう目で見ていたのか、匡はもはや覚えていない。

誰よりも信頼に満ちた目で自分を見つめ、安心したようにその身を預けてくる祥平のことを、気が付けば匡はもうずっと長いこと、そういう目で見ていた。

伸びやかな脚《あし》も。服の下から覗く、白い腹や首筋も。

祥平から無邪気にしがみつかれるたび、天にも昇るような幸福感と、彼の信頼を裏切っている罪悪感とで、いつも匡の心は天国と地獄を行ったり来たりしていた。

祥平はまだ色々と幼すぎて、そうした匡の欲望にはまったく気が付いてはいなかったけれど、彼が隣で寝ている姿を眺めながら、息を殺すように自分をそっと慰めたことも何度かある。

そうしてそのたび、死にたくなるような自己嫌悪に陥《おちい》った。

欲望のまま、嫌がる祥平を無理やり押さえつけて深く犯す。そんな夢を何度も見るようになった頃……匡は、とうとう耐えきれずに自分から別れを告げた。

現実に、それが起こらないようにするために。

「下も拭くから。……腰、上げて」

淡々と告げると一瞬、祥平は泣き出しそうな顔をしてみせたが、それでも素直に匡の言葉に従った。

スルリと床に脱ぎ落とされた衣類の中から、きめの細かい綺麗な肌が露わとなる。

昔から一緒に風呂に入ったり、着替えもしてきた。何度も見慣れた身体だ。

だが自分の前で惜しげもなく晒《さら》されるその肌を、いつしか匡は正視できなくなった。

自分の邪《よこしま》な視線を知られるのが怖くて、気が付けば匡は、祥平の顔すらもまともに見られなくなっていた。

覚悟を決めるように、ひとつ大きく息を吐く。

「……あの…」

なにか言いたげな祥平の様子に気付かぬふりをして、匡はきつく絞った熱いタオルを祥平の下半身へと滑らせると、上半身と同じ丁寧さで爪先《つまさき》からゆっくりと拭《ぬぐ》ってやった。

祥平は匡にされるがまま、ほうっと心地よさげな息を吐いている。その姿にどれだけ匡が追い詰められているのかも、知らないで。

ぴったりと寄り添うように身体を触れ合わせている今なら、一瞬の気の緩みで、匡の変化を祥平に感じとられてしまう。それだけは、なにがあっても避けなければならなかった。

そうでなければ、自分が血を吐く思いで告げたあの別れが、なにもかも無駄になってしまう。

……いやもう、すでに遅いか。

その事実に気付いて、匡は口端だけで苦く笑った。

きっともう二度と、自分からは祥平と離れられない。この一か月ほど、匡がどれだけ腕の中の存在を、望み、飢《う》え、渇《かつ》えてきたのか。

祥平はきっと知らないだろうけれど、祥平以上に匡は彼の存在を求めていた。

自分から『傍にいたくない』ときつく突き放しておきながら、祥平が寂しげな目を向けるたび、胸がひどく軋《きし》んで苦しくなった。

寂しそうな目をした祥平が、自分以外の他の誰かに甘える姿を目にするたび、喉の奥がじりじりと焼けつきそうな嫉妬《しっと》で、目が眩んだ。

閉じた扉の向こうで祥平が『ごめん』と泣き出したときには、全てをかなぐり捨ててもいいから飛び出していって、抱きしめてやりたくて仕方なかった。

この一か月、その衝動とずっと戦ってきたのだ。

空気のように一緒にいた相手と離れているのが辛かったのは、祥平だけじゃない。

きっと自分のほうが、その何十倍もきつかった。

それでも……匡は祥平を守りたかったのだ。なによりも、匡自身の欲望から。わざと祥平から嫌われようと、冷たくしたのもそのためだ。

今は辛くとも、離れていればそのうちいつか『これでよかったんだ』とそう思える日が来ると、そう信じていたけれど。

自ら広げたはずの傷口を、こんな形で再び塞《ふさ》ぐことになってしまった。その膿《うみ》は中に取り残したまま。

限界なんか、もうとっくの昔に超えていた。

自分は祥平に傷を付けた見知らぬ男達と同じだ。いや、無二の親友だと信じている祥平の信頼を裏切っているのだから、その男達よりもよっぽどひどいだろう。

――このまま自分の近くにいたら、いつか祥平は壊されてしまう。たぶんその心ごと。

そんな予感がした。

「……匡？」

ふいに手を止めて黙り込んでしまった匡を、祥平が不思議そうに覗き込んでくる。

その無垢《むく》な瞳にすら煽《あお》られている自分に苦笑しながら、匡はすっと席を立つと、クローゼットの中から替えの服を取り出した。

「終わりだよ。ほら、これ着て」

昔から匡の家には、祥平がいつ泊まりに来てもいいようにと、替えの服や小物が用意されていた。

「……取っといてくれたんだ……」

手渡した服が自分のものであることに気付いたのか、祥平は心から嬉しそうに笑ってみせた。

その無邪気な微笑みが、匡をますます追い詰めているとも知らずに。

捨てるわけがない。……捨てられるわけがなかった。自分には。

祥平の服はもちろん、靴もコップも。一緒に眠った朝に目覚めるための目覚ましも、なにもかも。

できるならその唇から零れる吐息さえ、ガラスの入れ物に入れてとって置きたかった。

二度と祥平には近付かないとそう心に決めたくせに、自分は反対のことばかりしている。

その事実に気付いて、匡は肩を大きく震わせながらようやく悟った。

決して、離れられなかったのだ。

自分が祥平を完全に手放せる……そんなこと、最初からできるわけがなかったのだということを。

その夜は久し振りに二人は同じベッドで、一緒の夜を過ごすことになった。

匡から離れたがらない祥平は、匡の苦笑の裏に隠されている大きな痛みに気付かぬまま、慣れた仕草で当然のごとく匡の左側へと滑り込んできた。

……触れ合っている左肩が、ひどく熱い。

どれだけ自分が残酷なことをしているか、まだ身も心も子供の祥平はよく分かっていないのだろう。

——正直、拷問《ごうもん》だよな。これって。

ヤリたい盛りに夢にまで見た相手が、無防備に隣で横たわっているのだ。

匡は左側をなるべく意識しないように気を付けながら、きつく目を閉じ、そのまま闇に意識を紛れ込ませようと必死に努めた。

なのに匡のそうした精一杯の努力を、この眩しすぎる幼馴染みはいとも簡単に消し去ってくれるのだ。

「匡…」

やめろ。耳元で、話をするな。その甘い声で名を呼ぶな。

そんな匡の心の声に反発するかのように、祥平は消え入りそうな声でもう一度名を呼びながら、その身体をすりっと擦り寄せてきた。

「なぁ……匡。もう寝ちゃったのか？」

――だから、わざと試してんのか⁉　今すぐにでもプッツンきそうな、この自制心の限界を！

祥平にしてみれば、久々に会えた親友とのスキンシップのつもりかもしれないが、匡にとってそんなもの、クソ食らえだ。

祥平はどうせ匡のことなど、抱き枕か毛布ぐらいにしか思っていないのに、なぜ自分だけが、今にも勃《た》ち上がりそうになる下半身の心配をしていなきゃならないんだと、そんな理不尽な怒りまで込み上げてくる。

「……匡…」

あんな目にあったことで、祥平は不安がっているのだろう。

普段あれだけ気丈な祥平が、大声を上げて泣いていたのだ。それだけ受けた衝撃が大きかったことも窺える。

だからこそ一番信用の置ける男に甘えて、もうなにも心配はいらないと言ってもらいたいのだろう。そうやってしがみついている男こそ、一番恐怖に近いことも知らないで。

匡はそんな自分を苦く笑うと、暗闇の中でふいと祥平に背を向けた。

だが、どうやらそれがいけなかったらしい。

匡から拒絶されたと感じたのか、背後で一瞬身を強張らせた祥平は、今にも泣きそうな声で、匡の背中にぺたりと貼り付いてきたのだ。

「……匡ぅ…」

「……っっ！」

実は昔から、匡は祥平のこれに弱かった。

ちょっと鼻に掛かったような声で、少し尻上がりぎみに甘ったるく名を呼ばれると、自分でも『頭は大丈夫か？』ってくらい、クラクラして意識が吹っ飛ぶ。

「な…、まだ怒ってんの？」

こういうときの祥平は、結構ズルい。普段、周りからお姫様扱いをされると、それこそ死ぬほど怒って反発するくせに、こういうときは信じられないほど甘えた声を出すのだ。

「別に……怒ってない」

「じゃあ、なんでこっち見ないんだよ。なんで……そっちばっか向いてんだよ。……やっぱもう、俺のこと嫌いになったから？」

「……っ、だから、そういうんじゃないってば…」

祥平を嫌いになれるわけなどなかった。そうなれないから苦しいのだ。

この際、匡の中では祥平が男であることも、その可愛い顔と中身がちっとも伴っていないことも、そんなのはもはやどうでもいいのだ。そんなもの、当の昔に超越しちゃっているのである。

「匡……なぁ、ごめんな？　俺さ、これからは匡に迷惑とかかけないようにするから。俺……バカだけど、嫌なところとか言ってくれればちゃんと直すから…」

「だから！　そうじゃないって言っててんだろ！」

怒鳴りつけるつもりなどなかった。

だが自分のせいで、匡に嫌われてしまったなどと落ち込む祥平は見たくなくて、ついがばっと起き上がって語尾を荒らげると、祥平はさらにショックを受けた様子でしゅんと黙り込んでしまった。

……そんな顔を、させたかったんじゃない。

匡は自分の髪を右手でぐしゃぐしゃっとかき混ぜると、溜め息交じりに俯いた。

「……祥平は、別になにも悪くないんだよ」

悪いのは、全て自分だ。

勝手に好きになって、勝手に避けて、祥平をとことん傷付けた。

今回、祥平がこんな目にあったのだって元を辿れば自分のせいだ。自分のせいで彼がヤケになっていると知っていながら、放って置いたのだから。

「俺だよ。……俺が、全部悪い」

ベッドの上で俯いたまま、両手で顔を覆う。

こんな顔、できれば見られたくなかった。

そうして頭まで抱えてしまった匡に、なぜか驚いた様子で祥平も隣で身を起こした。

「……匡？」

どんどん、顔が上げられなくなっていく。

口に出せずに積もり積もった、祥平への想《おも》い。それがいつしかどうしようもなく重くなり、匡の肩にのし掛かっている。

今さらなかったことにも、浄化することもできず、気付けば膿のように自分の中で溜まりきってしまったモノ。

ただ好きという気持ちに、欲望や、独占欲が絡まって。嫉妬や満たされぬ飢えが重なって。気が付いたら今にも窒息《ちっそく》しそうな大きさにまで膨れ上がってしまっていた。

――はじまりは、決してそんな汚い存在じゃなかったはずなのに。

「匡？　……どしたんだよ？」

色々なものが重くて、息苦しくて。

顔を上げられない匡の肩に、祥平が労《いたわ》るようにそっと触れてきた。

「どっか苦しいの？」

心配そうな声が、匡を優しく包み込む。

「匡…。なぁ……なにがそんなに辛いんだよ？」

……辛い。苦しい。

彼の信頼を裏切っていることが。

なのに今もそうして祥平に触れられているだけで、全身が疼《うず》くような身勝手な欲望を覚えてしまう自分の未熟さが。

「なぁ、匡。……俺さ、本当はずっと匡が辛そうにしてるの知ってたんだよ。でも匡なんにも言わないし、俺なんかに相談しても頼りにならないからきっと言わないんだって、勝手に拗ねてたんだ。……ごめんな？　でも、そういうのもうやめる。だから、匡も言いたいこととかあったらさ、ちゃんと言ってよ。俺にできることならなんでもするし…」

バカ……。そんなこと言って、本当になにされても知らないからな。

拙《つたな》い言葉を一生懸命並べて、自分に寄り添おうとする祥平に、匡は思わずふっと唇を緩めた。

こういうときに、匡はいつも祥平には敵わないなと思ってしまう。

たしかに祥平は気が強くて単純なところがあるが、駆け引きもなにもないまっすぐなその素直な心根に触れるたび、匡はとうてい太刀打《たちう》ちできないなと感じてしまうのだ。

普段は懐かない野良猫みたいに、人一倍警戒心が強いくせに、一度心を許した相手には、とことんまでその心に寄り添おうとする。

そんな祥平だからこそ、いつもキラキラと眩しく、周りにいる誰もが引きつけられずにはいられないのだろう。

「…り…たい…」

「え……なに？」

『触りたい』のだと、自分はたしかにそう呟いた気がする。

「匡…？」

「俺な…」

「うん。なに？」

「俺はな……ずっと、祥に……触りたい、触りたい…って。もうずっと……そんなことばっか、考えてた…」

そのまっすぐな視線の前に、とうとう堪えられずに心の内を吐露する。

引かれても、嫌われても、もうどうしようもなかった。

それがなによりも匡にとって、一番の真実だったから。

だが苦すぎる告白に、祥平は一瞬、きょとんとした顔をして目を瞬《またた》かせた。

「なら、触ればいいのに」

そのあっさりとした返事には、匡のほうこそ面食らってしまう。

「ば……か。お前…なに言って…」

「匡の好きに触っていいよ。辛いこととかあったとき、あったかいものに触れてると安心するもんな。俺だって今日、匡にぎゅっとしてもらってすごい安心したし…」

「お前、お前……絶対、意味分かってないだろ…」

じゃなければ、そんなふうにあっさりと頷けるわけがない。

「触るって、全部だぞ？　また……嫌なことされるんだぞ？」

今日だって、悪夢のような男達の手から必死で逃げ出してきたはずなのに。わざわざ自分から犠牲になることなどないだろう。

だが祥平はそれにますます分からないという顔をして、首を傾げた。

「なんで？　匡なのに、嫌なわけないじゃん」

「……祥。お前、絶対なにされるか分かってない…」

「別に匡ならなにされたっていいよ。匡は俺になにしたっていいんだ」

本気で言ってるのだと分かる、まっすぐな声。

その声に揺さぶられるように、匡は顔を上げた。

暗闇の中、恋しい人の瞳が匡の瞳をじっと覗き込んでくる。

そう言えば……こんな風に真っ正面から祥平の顔を見つめたのも、すごく久し振りな気がした。

「好きなように触ってよ」

強張ったままの匡の左手を摑み、祥平は自分の胸の上へと押しあてた。衣服の上からその肌の温もりに触れて、ぴくりと反応した指先の上に、祥平の手のひらがゆっくり重なってくる。

「……だからもう、そんな顔すんなよ…」

瞬間、匡は祥平を抱きしめていた。

「祥…っ」

密着した身体を、きつくきつく抱きしめる。だが祥平は嫌がらずに、それどころかその手を匡の背へと回してきた。

——ずっと焦がれていた。

けれども絶対に、触れたらダメだと思っていた。

きっと、壊してしまうから。

「……しょ…へいっ…。祥平…っ」

「匡…」

さっきとはまるで逆だった。

今にも泣き出しそうに震える匡の背を、祥平の手のひらが何度も優しく撫でてくれる。そこには精一杯の慈《いつく》しみと、愛情が込められていた。

二人の触れ合いが恋人同士のそれへと変化するまで、たいして時間は掛からなかった。

匡のほうは初めからその想いで祥平に触れていたし、最初のうちはただされるがままだった祥平も、回を重ねるにつれて自分からもおずおずと匡に触れてくるようになった。

何度か匡の手や口でイカされて、『自分ばっか悔しい』と涙目で訴えてくる祥平を匡は心底愛《いと》しいと思ったし、熱いけれどすごく優しい……そんな匡の触れ方が、祥平は匡らしくて好きだと思った。

なにより子供の頃のように、顔を寄せてクスクスと笑い合いながら、互いの身体に触れ合うのは信じられないぐらい気持ちよかった。

何度目かの触れ合いの後、とうとう我慢できなくなった匡が祥平の身体を貫いたときも、祥平はたいして嫌がりもせず、匡のしたいように身を任せていた。

途中で祥平はぐったりと気を失ってしまい、匡は真っ青になった。

幸いすぐに目は覚ましたものの、祥平が真っ赤な顔で『なんかこれって……セックスみたいだ』と呟くのを耳にして、いますぐ医者を呼びに行こうかとまで焦っていた匡は、ホッとすると同時に苦笑するより他なかった。

祥平がいまだ色々な意味で子供だと知りながら、手を出してしまった自分は、ルール違反だったし、卑怯《ひきょう》だった。

祥平からしてみれば、絶交が解けたばかりの幼馴染みのすることには拒絶もできず、仕方なく付き合っていたら、エスカレートしてしまっただけかもしれないのに。

彼が拒まないのをいいことに、初体験が男という、誤った選択を押し付けてしまった。

今さら言い訳の余地もない。今度こそ、祥平から軽蔑されて、殴られても仕方がないと覚悟しながら『うん。そうだよ…』と教えてやると、祥平はますます真っ赤になって『…そっか』とだけ呟いた。

そこには別に罵《ののし》りも、嘲《あざけ》りもなかった。

「そっかって……怒らないのかよ？　ふざけるなって、思いきり俺のことブン殴ってもいいんだぞ？」

「なんで？」

「なんでって…」

こっちのほうが、なんでと聞きたいくらいだ。

「匡ならなにしたっていいって言ったじゃん。そりゃ最初はちょっとだけ痛かったけど。なんか途中からは、気持ちよくてわけ分かんなくなっちゃったし……」

あっけらかんとした祥平は、本気でそう思っているようだった。

それに匡は心から安堵《あんど》した。ずっと肩に背負っていた重荷が、ふっと軽くなったような気がして。

——自分はいつか、彼のことを壊してしまうのではないかとずっと怯えていた。身勝手すぎるこの感情や、欲望で。

大丈夫。……祥平は壊されてなんかいない。その心も、身体も。

「……祥」

「うん？」

「…好きだよ…」

少し前までは、一生伝えられないだろうと思って、諦《あきら》めていたはずの言葉。

その中に含まれる欲望も、激情も。全部を込めて囁《ささや》くと、祥平はきょとんと目を瞬かせたあと、照れたようにふにゃりと笑った。

「え、俺も好き」

瞬間、どっと涙が溢れた。

匡の中で処理しきれないまま、膨れ上がったモノ。それは汚くて、膿のように腐敗しているとずっとそう思い込んでいた。

なのに祥平は、そんな匡の心をほんの一言で浄化してしまったのだ。

「え……っ？　ちょ…匡？　匡、なぁどしたの？」

それは……朧だとさえ思っていた祥平への恋心が、綺麗な結晶へと形を変えて落ちてきた瞬間だった。

コンコンと窓を叩く音と、小さく名を呼ぶ声で祥平は目を覚ました。

「……ん。…何時だ?」

目を擦《こす》りながら、目覚まし時計を確かめる。深夜に近いこんな時間に匡が訪ねてくるときは、たいていいつもこの南側の窓からになる。

家族が寝静まった後で、大きな声では言えないような行為をしにくるとき……つまりは夜這いだ。

鍵を外した途端、窓を開けた匡がいつものように、ひょいと窓枠を乗り越えてきた。

「ふぁ…。も……寝てた…のに」

あくび交じりに文句を言うと、匡は『悪い』と謝りつつ、祥平の頬へちゅっと口付けてきた。

「今日は部活のあと、克実とちゃんとまっすぐに帰ったのか?」

「…ん…。駅前のファストフードだけ、寄った……」

「ったく。まっすぐ家に帰れって言っといただろ」

「だって、ちょー腹が減ってたし…。そっちは？　やっぱり帰りは遅かった…」

まだ話の途中だというのに、気付けば匡の器用な指先はそそくさと祥平のパジャマのボタンを外しに掛かっている。それに祥平はムッと眉を顰めた。

――なんだよ。やってきてすぐにコレかよ？　まったく、文句の一つも言いたくなるぜ。

『忙しい』なんて言葉は、恋人である自分への免罪符にならないと祥平は思っている。今だって、ようやく久し振りに二人きりで会えたというのに、匡は口を動かすより、手を動かすことに忙しそうだ。

「ちょ…と。待てよ…」

性急な手が下半身に伸びているのに気付いて、慌ててひき止める。寝ていたところを起こされたばかりで、まだ頭も身体もついていっていないのに。

だが匡は慣れた仕草で下着の中まで指を滑り込ませると、祥平のそこを直《じか》にきゅっと摑んできた。

一瞬にして、息が上がりそうになる。

「……っ。……なぁ、匡。待てってば…」

「祥こそ、時間があまりないのは分かってるんだから、少しは協力してくれよ」

『な？』と顔を覗き込まれて、祥平はぐっと声を詰まらせた。

——なんだよ、それ⁉

これじゃなんだか倦怠期《けんたいき》の夫婦みたいだ。義務的に、やることだけさっさとやって、それで済ませたいみたいな…。

「……ヤだ。俺、今日はしたくない」

つれなくその手を振り払うと、祥平はぷいと毛布の中へ潜り込んだ。

「祥……。お前、ここまできてそりゃないだろ？」

情けない声を出した匡のソコは、たしかにもう準備万端、いつでもオーケーな状態で祥平の中に入れるときを待っていた。

……って、わざわざ握らせんなよっ！

下半身へと導かれたその手を祥平が慌てて引くと、匡はふぅと溜め息を吐いて肩を竦めた。

「そんな汚いモノみたいにしなくても……。いつも祥の中に入ってるヤツなんだけど？」

「……っ！　そういうとこが、お前はオヤジくさいっていうんだよ」

別に、匡のソレを汚いだなんて思ったことはない。

けれど自分のソレと匡のアレは、全然違うのだ。もともとの体格の差なのか、匡のは長さも太さも、祥平とはなにもかも違っていた。

そこに触れるたび、祥平はその熱さと堅さに、いつもびっくりしてしまう。

「祥は何度しても、最初はいつも恥ずかしがるよな？」

ニヤニヤしている恋人からぷいと視線を外すと、祥平は赤くなった顔をシーツに押し付けるようにして突っ伏した。

……いつまで経っても慣れなくって、悪かったな。

初めて寝てからもう三年近く経つというのに、いまだに照れを捨て切れないでいる祥平を匡は楽しそうにからかうが、これればかりは仕方がなかった。

匡のソレがいつも自分の中まで入ってくるとき、どんな風に動いて、気持ちよくしてくれるのかを思い出すだけで、祥平はいつも腰の深いところがぶるりと震えて、憤死してしまいそうな心地になる。

つまり『目にするだけでもまずいのに、触ったりしたらすぐにグズグズになるからイヤなんだ』とは、口が裂けても言いたくなかった。

その初々しさがかえって興をそそっていることに、気付いていないのは本人だけだったが。

「祥？　……なぁ。ダメか？」

そんな風に尋ねられると、ますます倦怠期の夫婦みたいだぞと思ったけれど、自分たちはまだ血気盛んなお年頃なのだ。

ましてや自慰《じい》もよく知らないうちから、匡の手によって快感を教え込まれた身体だ。

中途半端に火をつけられてしまえば、あとはもうどうしようもなかった。

「……キス…」

シーツに突っ伏したまま、ぼそりと呟く。

「ん？」

「……まだ、してねーし…」

なのにどんどん先に進むし……と小さくぼやくと、匡は喉の奥で低く笑いながら、『悪い。がっついた』と祥平の肩の辺りにキスを落としてきた。クスクスとした匡の楽しそうな笑い声を耳にするのはなんだか久し振りな気がして、祥平はもぞりと顔を半分だけ上げる。

「今からちゃんとするから、こっち向いて」

これじゃ結局、自分からもねだっているようなものだ。

分かってはいたけれど、祥平は匡に促されるまま、おずおずと振り向いた。

「……ん…」

願いはすぐに叶えられ、匡の熱っぽい唇が降りてくる。

匡はキスがうまいと思う。匡としかしたことがないから分からないけれど、絡めた舌先をそっと噛んだり、強く吸われたりすると、それだけで祥平は頭の芯からぼうっとしてきて、なにも考えられなくなってくる。

キスを繰り返しながらも、匡の指先は祥平のパジャマの中へと滑り込み、ぷくりと膨らみはじめた胸の先へと触れてきた。すぐにこりこりと凝《しこ》って堅くなったそこを、丹念に指先で弄《いじ》りながら角度を変えては、また舌を吸われる。

ジン…と、腰から下が震えてしまう。

先ほど匡の大きな手のひらに包み込まれたときから、すでに祥平のそこは匡と同じように、震えて、反応していた。ちゃんとキスから始めろと自分から言ったくせに、そちらにはまったく触れられないと、もどかしくなってくる。

腰をもじもじと揺らめかせながら、与えられるキスに酔っているうちに、触れ合わせたままの匡の唇が、笑みを刻んでいるのに気が付いた。

「な…に、笑ってん…の？」

「ん。……ほんと、普段の姿からは考えられないよなーと思って」

キスをされた途端、嘘みたいに従順になってしまったことを揶揄されているのだと分かっていたが、こんな風に一度火をつけられてしまうと、もうダメだった。

自分の身体だというのに、匡以外ではどうすることもできない。

自ら男を迎えるように脚を開き、匡の身体に自分の身体を擦り付けるようにして、その先をねだってしまう。

この三年間で、自然とそうなるように覚えこまされた。

耳元で『な。やっぱ、ベッドの中じゃ別人みたいだろ』と笑いながら吹き込まれ、祥平はカッと首から耳まで赤らめた。

「ばっ…か…やろ」

可愛げのない言葉を呟くと、おしおきというように耳に軽く歯を立てられる。

瞬間、びりびりとした甘い衝撃が全身を走り抜けていく。

「あ…っ、あ…」

待ちわびていた場所に再び匡の手が伸びていき、パジャマの上からすっかり形を変えたそこを、そろそろと撫でられた。

「…な…」

「んー…」

「……なぁって…」

なんで、服の上からなんだよ。

最初に性急さを咎《とが》められたからなのか、それとも『今日はしたくない』などと拗ねたことに対するお返しのつもりなのか。パジャマを脱がさないまま、そのくせいやらしい手つきであちこち触れてくる匡が焦《じ》れったくてたまらない。

ちゃんとそこを触って欲しいのに。いつもみたいに、あの手で泣き出すほどしつこく弄って、可愛がって欲しいのに。

欲求は高まるばかりだったけれど、それを口に出して言うのは恥ずかしすぎる。祥平は涙目のまま上にいる男をきつく睨み付けると、もてあましている自分の下半身を匡の太腿へとスリ…と擦り付けた。

途端、匡が困ったような少し怒ったような顔をして、ぐっと喉を詰まらせる。

「…まったく……ほんと凄いよな」

祥平が潤んだ目で『なに？』と問うと、その額《ひたい》にキスをして匡は笑った。

「無意識のクセして、俺のポイントを死ぬほどついてくるし」

ポイントってなんのことだと問いかける間もなく、深く唇を重ねられた。きつく舌を絡められて、くらくらとした目眩《めまい》を覚える。

「祥。……絶対、他でそういう顔は見せるなよ？」

「……？」

自分がどういう顔をしてるかなんて、知らない。

とろんとした意識のまま匡を見上げ、キスで濡れた自分の唇をぺろりと舐《な》めると、匡はたまらぬ様子でもう一度がむしゃらに口付けてきた。

キスをされながら、下着ごとつるりとパジャマの下を剝《む》かれて、白い腿と尻とが露わになる。

「……あ…っ、あぁ…っ」

待ちわびていたそこへ、匡の手が直接触れてくる。大きなその手に包み込まれるようにして揉み込まれた瞬間、祥平はぎゅっと目を瞑《つぶ》っていた。

あ。すご……いい。

服の上からさんざん煽られたせいなのか、匡にほんの少し触れられただけで、もう耐えられなくなっている。はしたなく溢れだした蜜《みつ》が、匡の手を濡らしはじめてしまう。

「……祥」

祥平がすぐイキそうになっているのが分かったのか、わざとタイミングを外される。

切なげに眉を寄せると、匡は一番奥を探るように、その指をそっと祥平の後ろへ含ませてきた。

「た…すく……」

「まだ早いだろ。……もうちょっと我慢な?」

早くたって仕方がない。最近、匡が忙しくしすぎていたせいで、こうして触れ合うことすら一週間ぶりなのだ。

匡と寝るようになってから、祥平はほとんど自慰をしたことがなかった。自分でやってもうまくイケないことは分かっていたし、その前に匡がいつもなんとかしてくれていたからだ。

おかげで今さら自分だけでする気にはなれず、匡の来ない日は祥平もなにもしない。

その分を取り戻すかのように、慎《つつ》ましく閉じていたはずの入り口が、匡の指先に応じてすぐにほころび出す。

ここまできたら匡にされるがままだ。脚を大きく開かされ、恥ずかしいところを晒しても、祥平は抵抗もできなくなる。

「あ……、……」

太い指で柔らかな肉を掻《か》き分けるようにして、中の熱さを確かめられる。

いつの間に取り出していたのだろう。二人がするときに使う液体の入ったボトルが、一週間ぶりの匡の指先の出入りを、スムーズにさせていた。

「あっ…ぁ…、ぁっ……っ」

最初は痛かったはずなのに、そこで匡を受け入れることを覚えさせられた身体は、その指にさえ淫《みだ》らに絡み付いてしまう。

おずおずと初めて互いの身体に触れ合ったあの頃よりも、ずっと馴染んだ身体。快感の深さには果てがなくて、最近ではますます深くなっている気がする。

二本に増えた指先が、微かにいいところを掠《かす》める。それだけで放って置かれたままの前から、新たな蜜が零れ出してしまう。

「……も、……んっ。匡…ぅ」

少し甘えた声で、その名前を呼んだ途端、なぜか自分の中を探っていた男の手がピタリと止まった。

……いやだ。こんなところで止めないで欲しいのに。

「匡ぅ…。な……」

「……っ」

放って置いてある前のソコをなんとかして欲しいと、祥平が目だけで訴えると、なぜか匡は苦虫を噛みつぶしたような顔になった。

「……バカ。こっちも久し振りだっつーのに、そんな目で、そんな声出したら、マズイって分かるだろうが……」

まずいって、なにが?

尋ねる間もなく身体をコロリとひっくり返される。俯《うつぶ》せのまま腰だけぐいと持ち上げられた祥平は、自分が今とっている姿勢に気付いて、カーッと背中が熱くなるのを感じた。

別に、この体位が初めてというわけじゃない。これまでだって数え切れないほどしているのだから、祥平が見たことのない深いところまで、匡には見られていることも知っている。

それでも下半身だけ剝き出しというカッコのまま、匡の前に尻を晒している自分がたまらなく恥ずかしくて、祥平は後ろ手でパジャマの裾《すそ》をつつつと引っ張った。

ゴクリと、どこかで唾《つば》を飲むような音が聞こえた気がする。

次の瞬間、ぐっと左右に割り開かれた尻のあいまに、熱いものが押し当てられるのを感じた。

――――え?

灼熱のような熱い昂《たか》ぶり。それが背後からゆっくりと重なってくる。

「嘘っ…、たすっ……」

与えてもらえるとばかり思っていた前への愛撫《あいぶ》を飛ばして、いきなり本番に突き進まれるとは思っていなかった。突然の侵入に、身体が強張る。

「……ばか…。ま…だキッ…いっ…て…」

「ん……。俺もキツい…」

意味が違うっ！ と祥平は怒鳴り返そうとして、出てきたのは言葉にならない喘《あえ》ぎだけだった。

一週間ぶりだからか、それとも匡もそれだけ興奮しているのか、いつも以上に匡の昂ぶりは、大きく、熱く感じられた。

長さも太さもあるそれを、だが匡の形に慣らされた身体は、ゆっくりと飲み込んでいく。

最後まで押しこまれたのを感じて、ほっと一息ついたのもつかの間、匡は休みもくれずにゆったりと腰を動かしはじめた。これにもまた驚かされてしまう。

「……ばか…、たす…っ、まだダメ…って」

「ん……祥。力、抜いてみな。ちゃんと柔らかかったし、平気だろ？」

言いながら匡は祥平の耳をかぷりと噛み、深いところで腰を繋《つな》げたまま、尻を摑んで揺さぶってきた。

腰の動きも、耳も。そうされると祥平が弱いと知っていて、わざとやっているのだ。

「…んぁ…、ヤダ……」

「ここはヤダっていってないけどな？」

確かめるように、放って置かれたままの前をそっと握られる。

たしかに、こんな性急なやり方だというのに、祥平のそこは萎《な》えるどころかますます喜んで、蜜を垂らしはじめていた。

「あっ…あぁ…っ」

――俺、……俺、なんか今日、変だ。

いきなり入れられた上に、すぐに擦られたりしたら痛いはずなのに。

いつもよりも尖って過敏になった神経が、匡のくれる感覚を全部気持ちいいって感じている。

「あっ……っあ、……あぁっ、や…や、なんか、怖い…」

いきなり深い快感の海に突き落とされて、溺《おぼ》れる人のようにシーツの波を掻き乱す。

「怖くはしてないだろ？　ほらここも……好きだよな？」

匡は細い腰を抱えてそこを緩く抜き差ししながらも、祥平の喘ぐ姿を眺めては、楽しんでいるらしかった。

背後からじっと見下ろしてくる視線は熱く、腰から尻にかけてのライン、その先の匡を受け入れている入り口まで、全て見られているのを感じる。

今にもおかしくなりそうな状況なのに、いつもより燃えたつような身体をどうすることもできず、祥平はただ匡の動きに翻弄された。

「変…っ。……やっ……や、…おかしく、なる…っ」

「……すごい感じてるな。祥、バックからのが好きだったっけ？」

「違っ……、あぁっ」

違うと言おうとした瞬間、一層深く中を突かれてしまう。

もうなにを答えればいいのか分からない。祥平は何度もかぶりを振ると、救いを乞うように目の前の枕にしがみついた。

「こら。ん、……逃げんなって…」

身体中を駆け回る熱と、びりびりとするような甘い快感がすごくて、もはや自分の身体じゃないみたいだ。

終わりは、唐突にやってきた。

逃げかけた腰を引き寄せられ、張り出した先端で中の弱いところをグッと擦られた瞬間、全身が蕩《とろ》けるかと思うほど甘く痺れた。

匡を受け入れている場所がきゅうう…と締まる。

「……ぁっ、………あ、あ…っ！」

ぱたぱたっと微かな音を立てて、祥平はシーツに雫を滴らせた。

前を触れられてもいないのに達してしまうことはこれまでにも何度かあったけれど、こん

なに短時間で、ものすごい絶頂へと導かれたのはさすがに初めてだ。

全身からどっと汗が噴き出し、痺れるような甘い余韻《よいん》が全身に染み渡っていく。

シーツに突っ伏してはぁはぁと荒い吐息を繰り返しても、ふわふわとした感覚からなかなか降りてこられない。全身が、蕩けたバターにでもなったみたいだ。

「祥…」

「……あ…」

名を呼びつつ耳の輪郭《りんかく》を舐められて、祥平はふと我に返った。

……そうだ。匡はまだ終わっていない。身体の奥深くに埋められたそれは、灼熱のような熱さと堅さを維持したままだ。

焦れたように腰をゆらりと揺らされて、ぞくぞくっとした新たな痺れが、身体の内側から背筋を伝わり、這い上ってくる。

「う…、待っ…て」

どうやら匡は、このまま続けるつもりでいるらしい。

イッたばかりで過敏になっているそこを、ぐり…と確かめるように抉《えぐ》られて、祥平はたまらず爪先でシーツを掻き乱した。

「ああ…っ」

……ヤバイ。こんなの続けてされたら死んじゃう。

なのに逃げられない。匡が逃がさないというのもあるが、腰が抜けてしまったように力が入らず、匡のすることを全て甘く受け止めてしまう。

前を刺激されて達するときのわかりやすい快感とは違い、中でイッてしまうと、その余韻があとを引いてなかなか消えていかないのだ。

まだ疼いているそこを弄られると、苦しいのに。身体が匡によって作り変えられたみたいに、全身でイイといっている。

「ん…、いいな。祥もいいんだろ？　すごい……中うねってる」

「し、しらね……っ」

いやらしいことを耳元で囁かれて、ぶるりと下肢《かし》が震えた。それだけでまた軽くイッてしまいそうになる。

「なぁ、わかる？　祥のココ、俺から離れようとしないんだけど。抜こうとするたびきつく締め付けて…」

匡はわざとゆっくり抜き差しを繰り返して、祥平にもそれを分からせようとしてくる。それがたまらなかった。

「た…すく…、匡ぅ」

ぶんぶんと首を振っても、匡は止めようとしない。

一度限界まで引き抜かれたそこを、また匡の形に開かれていく。鳥肌が立つような凄まじい快感に、祥平はただ首を振って、シーツにしがみつくしかなかった。

また、パタパタとシーツに淡い雫が滴る。

「も…や、やだ…っ。続けてすんの、やだ…っ」

なんだかずっとイキっぱなしみたいになっているのが、正直辛い。

「祥……な？　もう少しだけ。ほら、イイとこ擦ってあげるから……」

自分の中のイイところを、匡がアレで擦ってくれる……。考えただけで、脳が焼けただれてしまいそうだった。

もういい、そんなの無理と、しゃくり上げても、許してはもらえなかった。

祥平は息をするのも忘れて、匡を奥一杯まで受け入れながら、その感覚に翻弄される。

「………あぁっ！」

「……祥…っ」

最後はほぼ同時だった。

一番深いところで吐き出された匡の熱い滴りが、祥平の中を濡らしていく。その感覚が生々しくて、祥平はチカチカするような目眩を覚えながら、甘く喉を震わせた。

「や…。もうダメ。…も、……そこ、さわんな…」

今夜は何回もしつこくイカされたから、すぐにはなにも出ない気がする。

なのに匡が祥平の尖ったままの胸の先や、達したばかりで力の抜けたアレまで触れてくるから、祥平は終わりの見えない快感に背筋を震わせた。

「先っぽ、また濡れてきてるな」

手のひら全部を使ってそれを確かめられて、カッとなって身を捩《よじ》る。

「そ…んな風に、匡が弄っ…からだろ…っ」

背後の男へ肘を繰り出すと、低く笑いながらその手を受け止められてしまった。

そのまま濡れた前を優しく揉みしだかれて、小さく身震いする。

どうやら匡はまだまだ満足していないらしい。……それもそうか。匡だって一週間ぶりな上、祥平と違ってまだ一度しか出していないのだから。

さきほどまで匡の出入りを好きに許していた入り口は、今も熱く緩んでいる。その縁《ふち》をなぞるようにつつつ…と指先で辿られて、祥平は息を詰まらせた。

もう、なにも出ないと思ったのに。……性懲《しょうこ》りもなくまた、身体が熱くなってくる。

「……匡?」

だがぎゅっと目を閉じて大人しくその続きを待っていた祥平は、ほんの少し中に入ったところで進まなくなった指先の動きに、首を傾げた。

首筋にキスを繰り返していた恋人の唇も、いつの間にか動きが止まっている。

ゆっくりと振り向けば、匡は祥平の腰を抱いたまま、くたりと目を閉じていた。

「え……嘘…。お、おい。匡。もしかして……寝ちゃった、の?」

人の身体に、こんな風にまた火をつけておいて？

ふ、ふざけんな。せめて責任取ってから寝落ちしろ！　……ていうか、指だけでも抜け！

今すぐ蹴り起こしてそう怒鳴りつけてやりたかったけれど、自分の腰を抱いたまま安心したように、くーくーと寝息を立てている恋人を、蹴り起こすことなんてとてもできそうになかった。

「…バーカ…」

腰を抱いてるその手を解いて、小さく呟いてみても、一向に目を覚まさない。

きっとそれだけ疲れているのだろう。ヨダレを垂らしそうな勢いで口を半開きにして、匡はぐっすりと眠り込んでいる。

どれだけ男前に成長しても、普段はクールな優等生ぶりを見せていても、その寝顔だけは子供の頃と同じままに見えた。

「かっこわり……」

……嘘だ。どんなカッコで寝ていても、匡は誰よりカッコイイ。

昔から匡のことは大好きだったが、セックスのこともよく分からないうちから匡と寝てしまったあの頃よりも、今の方がずっとずっと好きになっている気がする。

なのに……なんでだろ？　すごく満たされているのにどれだけもらっても足りなくて、胸の中がきゅうきゅうと絞られているみたいな、この感じは。

恋人の寝顔を見ているうちに、なんだか切なくなってきて、祥平は匡の肩に頬をすり…と押し付けるようにしながら、目を閉じた。

――自己嫌悪である。

身体も瞼《まぶた》も指先も、吐く息までもが、なんだか重くて甘ったるい。

昨夜も夜中に思いきりのってしまったアレが、尾を引いているのは分かっている。別にそんなことはどうでもいいのだ。問題はそこじゃない。

ここ数日、匡はさらに忙しくなっていた。

バスケの地区大会が始まった上、生徒総会や予算会議と立て続けに大きなイベントが押し寄せ、学校の教室以外では、ほとんど匡の姿を見かけなくなった。朝や帰りの通学も、別行動のままだ。

おかげでこの二週間ほど、祥平は匡とまともな会話をしたことがなかった。

そのくせ夜中に南側の窓から匡が現れたのは、昨夜をいれて四回目。

……なんかこれじゃ、ヤるだけの関係みたいじゃんか。

けれど会えなかった分、夜に顔を合わせればそれだけでも嬉しくて、抱きしめられるとイライラしていた気持ちまで嘘みたいに消えていくのも、事実なのだ。

それで結局いつもより燃えてしまって……という具合に、なんだか匡とは顔を合わせると、なし崩しにセックスばかりしている。

たまには会話しようと思っても、キスだけでそんな決心はあっさりとどこかへ流されちゃうし、終わったあとは疲れ果てて、二人揃って寝てしまう。

そうして気が付けば、朝練のある匡はとっくに自宅へと帰ってしまっているしで、全く改善の余地は見られない。

昨夜はそれでちょっぴり、言い合いにもなってしまった。

いつものごとく、部屋を訪ねてきてすぐに手を出してきた匡に、終わったあと『なんか最近こればっかかで、ヤリ目的かよ』と、つい嫌みを言ってしまったのだ。

別に祥平だって、匡とするのが嫌なわけではない。

それどころか匡に抱かれるのは好きだ。忙しい中、三日に一度は真夜中でも時間を作って祥平に会いにこようとするその心が、嬉しいとさえ思う。

だが会ってキスしてベッドイン、終わってすぐ寝るでは、なんのために会っているのかよくわからなくなるのだ。

それに……こんなことを言えば、また我が儘になると思うから決して口には出せないけれど、匡の態度や表情の変化も気に掛かっていた。

ここ最近、匡はあまり笑わなくなった。

他の人間の前では、いつもいい顔で笑ってみせるのに。祥平といるときは、まるで話すのもめんどうくさいという感じで、ぶすっとして黙り込んだまま、部屋に入ってきた途端に抱き寄せてきたりする。

——なんなんだろ。あれって。

触れてくる手やキスは相変わらず優しくて、祥平に対してなにか怒っているというわけでもなさそうだし、かといって八つ当たりというのともちょっと違う。

やっぱ、疲れてんのかな。

でも……俺だって、匡が笑ってるとこみたいのにさ。

いつも快活に笑う幼馴染み。ときどきエロくさいことを言ったりもするけれど、目を細めて優しく笑う、あの笑い方が祥平は好きだ。

なのにもっぱら今その微笑みは、外部にばかり向けられている。特に、真生に向かってだ。

その人物のことを思うと、ふぅと大きな溜め息が零れてきてしまう。

実は、真生のことも、祥平の一番の頭痛の種だった。

——最近の真生は、祥平への敵意を隠そうとしなくなっていた。

学校で匡を目で追えば、嫌でもその隣にいる真生まで視界に入ってきてしまう。

二人を目で追う祥平の視線に気付くたび、真生は匡の隣で次第に優越感に満ちた笑みを浮かべるようになっていた。

初めは見間違いかと思ったが、そうじゃないとすぐに分かった。

祥平と視線が合うと、真生はわざと隣にいる匡の方へと凭《もた》れかかったり、そっとその腕に自分の手を巻きつけたりする。

どれも些細な変化かもしれなかったが、あれは自分を挑発しているのに間違いないだろう。それくらい、祥平にだって分かる。

そしてそうされる理由にも、なんとなく予測が付いていた。

真生は相変わらず品のいい優雅な笑みをその顔に浮かべながら、瞳だけは燃えるような眼《ま》差《な》《ざ》しで、匡をじっと見つめている。

またそれと同じくらいの激しさで、ときには祥平をまっすぐに見返すようにもなっていた。

なぜか祥平のほうがその視線の力強さに押されて、思わず目を逸らしたくなるほどに。

そういう意味では、やっぱり真生は自分とよく似ているのかもしれない。

いくら上品で大人しそうに見えても、内面の激しさはたぶん祥平とそう変わらないのだ。

特に、好きな相手に関しては。

真生がこれまで隠していたらしいその激しさに触れたとき、なぜだか祥平はぞくっとするような強い恐れを感じた。

よく似ている、真生と自分。笑顔の先輩顔と、恋人の前での仏頂面。

そういえば……どうして匡は、自分と付き合おうと思ったんだろう？

とらえどころのない不安が、どっと胸の奥から溢れ出す。けれども今さら尋ねてみることもできなくて、祥平の心は風のように揺れていった。

「祥平。お前、ここんところの変質者騒ぎ知ってるか？」

「……なにそれ？」

「ここ最近、うちの高校周辺でのもっぱらの話題。日増しに暑くなってきてるせいか、夕方過ぎになると、おかしなヤツがふらふらっと出てくるんだとさ」

「…へぇ」

正直、どうでもいい話題だったが、せっかくの弁当をもそもそとつついている自分を慰めようと、色々話かけてくれる克実の気持ちをないがしろにもできず、祥平はぼんやり頷いた。

そんな友人の姿に、克実がふぅと溜め息を吐く。

「だからつまり、そのせいってことだろ」

「……？　なにが」

「匡のことだよ。帰りが遅くなるとおかしなヤツがでるから、お前にさっさと先に帰れっつってんだろってこと。ついでに言えば、あの従兄弟を家まで送ってるのもさ」

ようやく克実の言いたいことは分かったけれど、それはただ、祥平の落ち込みに拍車を掛けただけだった。

「……ってことは、やっぱ本当なんだ。匡がここんとこ毎日、真生を送り迎えしてるって」

「え…っ、あれ。もしかしてお前、匡からなにも聞いて……ない、とか？」

「ない」

こくりと頷くと、克実は思いきり『あちゃー…』という顔をして見せた。それが決定打だった。

どうやら先日耳した噂は、真実だったらしい。朝も晩もまるで待ち合わせでもしているかのごとく、真生と匡が仲良く揃って登下校しているという話は。

今日の弁当は、忍特製ササミのチーズと梅じその二種フライだったけれど、なんだか途端に味がしなくなった気がして、祥平は手にしていた箸《はし》をぱたりと止めた。

そうか。……やっぱ、本当だったんだ。

朝練だ、生徒会だと言いながら、自分とは行き帰りを一緒にしなくなった匡が、ここ何日かは真生にべったりと貼り付いて、隣町にある家まで送り迎えをしているらしいと聞いたときは耳を疑った。

生徒会の中でも二人の急接近は有名らしく、放課後になにやら深刻な顔で話をしていただとか、匡が慰めるようにその肩を抱いていただとか、聞きたくもないのにそんな噂話ばかりが耳に入ってきてしまう。

「祥平、ええとな。その……よかったらプリン食うか？」

余計なことを言ってしまったと焦ったのか、克実がデザート用に買っておいたらしい購買のプリンをそっと差し出してくる。だが祥平はそれに首を横に振った。

「いい。……克実が食えば」

「おい、お前がプリンをいらないとか……。マジで熱あるんじゃないか？」

ヤバイ。なんだか余計な心配をかけてしまったらしい。

額に手を当ててくる友人に、『熱なんかねーよ。あんま腹減ってないだけ』とへらへら笑うと、なぜかますます克実は情けない顔つきになった。

「ったく。あのバカのせいだな。……匡のやつ、本気でなに考えてんだ？」

いつも飄々《ひょうひょう》としているはずの克実が、珍しく憤慨した様子で眉根を寄せている。その声を祥平はぼんやり聞いていた。

人の色事にはまったく興味がなく、中学からの友人二人がそういう意味で付き合いはじめたと知ったときですら、『へー。……で？』で済ませていた克実がそうして苛立《いらだ》つほど、どうやら匡と真生の親密さは目に余るらしい。

時間が合わないため、祥平は匡と真生が一緒に登下校している姿を実際に目にしたことは、まだ一度もない。

それでも自分のことはさっさと家に帰れと追いやるくせに、真生のことはわざわざ彼の家まで送っていってるらしいなどと聞けば、心中穏やかでいられるはずもなかった。

以前の祥平だったら、つれない恋人に対して、『俺のほうを優先しろよ』と騒ぎ立てていたことだろう。

だが三年前のあの決別以来、祥平なりに我慢を覚えた。匡には迷惑を掛けたくないという気持ちもある。二度と、彼に嫌われたくないという思いも。

それに……なんといってもライバルがあの真生なのだ。

我が従兄弟ながら、顔よし頭よし性格よしの三拍子揃いで、どう拗ねてみたところで自分のほうの分《ぶ》が悪かった。

幼い頃からなにかと引き合いに出されてきたせいだろうか。コンプレックスになっているのかもしれない。真生に対しては、どうしても強気にはなれないのだ。

だいたい似たような顔つきなら、気が強くてガサツなのと、素直で大人しいのと、どっちがいいかなんて、聞かなくても分かりそうなものだ。

こんなことでうじうじするなんて、自分でもらしくねーとジタバタしつつ、祥平が匡になにも言い出せないでいるのはそのせいだった。

……俺と真生、どっちがいい？　とか、そんなん絶対聞けねーし。

もしそんな恐ろしいことを聞いて、『んー、そりゃできればあっちのがいいかな』とか言われちゃったらどうするんだ。……その場で死にたくなるに決まってる。

それに……なによりも、これが祥平の自信を削《そ》いでいる一番の原因となっているのだが、ここのところまったくと言っていいほどないのだ。アレが。

これまで忙しい忙しいと言いつつも、週に数回はあったはずの『窓からの来訪』が、ここ一週間近く、見事にピタリとなくなっていた。

これは祥平にとってかなりショックだった。なんだかんだ文句を言いつつも、自分はそれをこっそりと待ちわびていたのだから。

これまでにもテスト前や、匡の大会の間など、しばらくしなかったことはある。でもそういうときでも、キスや、ちょっとした触れ合いぐらいは普通にしていたのだが、今回のことはなんとなくそういうのとは違う気がした。

いつの間にか、自分より一回りも大きく成長していた広い胸。すっぽりと自分を抱きかかえる長い腕も、すぐに流されそうになるあのキスも。耳元で祥平の名を呼ぶ声も。

匡の与えてくれるそれらに、どれだけ安心していたか。肌と肌の触れ合う感触が、どれほど自分を満たしてくれていたかを、今になって強く思い知らされている。

あの日、匡に『ヤリ目的かよ』なんて嫌み、言わなきゃよかった。

強引でも、性急でも構わなかった。いや、そのほうがかえって匡の飢えと焦りを表しているみたいで、本当はちょっぴり嬉しかった。

それほど匡は自分を欲しがってくれている。そう思えたからこそ、どんなにその行為が激しくとも、それを上回る快感が自分を満たしてくれていたのに。

……もう、飽きたのかな。

三年も寝ていれば、お互いのあのときの癖も、イクときの感覚も知っている。その上、見慣れた身体だ。匡からすれば、新鮮味もなにもないだろう。

そんな自虐的なことまで考えてしまっては、苦い吐息を零すしかない。

「ヤリ目的でも、もういいよ…」

誰にも聞こえないぐらいの小さな声で、ぼそりと呟く。

自分の身体に、匡がまだ少しでも飽きていないのなら。それだけでも構わなかった。

三年前のように、匡から面と向かって拒絶されたわけではない。二度と話し掛けるなと、そう言われたわけでもない。

なのに……どうしてあのときと同じくらい、こんなにも心が寂しいんだろう?

目の奥がじわりと熱くなり、鼻の奥がツンとする。祥平はそれを誤魔化すように慌ててそっぽを向いた。

だがそうして誤魔化してみても、本当はもうとっくに限界が来ていることに、祥平自身、気付きはじめていた。

今日こそは絶対、匡と会おう。

匡がうちに来ないなら、自分から会いに行けばいいのだ。まだ忙しいのかもしれないけれど、少しでいいから時間を作ってもらって、色々とくだらない話もしよう。

そう決めて学校から戻った祥平は、夕食を終え、風呂に入り、それでもまだ帰らない匡の帰りを、窓際で今か今かとそわそわしながら待っていた。

ようやく窓の外に見慣れた長身の制服姿が見え、慌てて外に出ようとしたそのとき、祥平はぴたりとそこで足を止めた。

帰ってきた匡は、一人きりじゃなかった。

……真生、だ。

匡の隣で薔薇色《ばらいろ》の微笑みを浮かべている小さな影に、顔が強張る。匡は真生の細い肩を優しく押すようにして、並んで瀬川の家へと入っていってしまう。

笑い合い消えていく二人の後ろ姿に、かける言葉など見つからなかった。

それから真生が再び出てくるまで、祥平は自室の窓際で膝を抱えたまま、じっと待つしかなかった。

どれくらい時間が経っただろう。一時間か、二時間か。

無意識のうちに嚙んでいたらしい親指の爪が、短くなっている。チリとした痛みにはっと顔を上げると、いつの間にか道路の真ん中で、なにやら楽しげに話している二人の姿が見えた。

匡はすでに私服に着替えており、はしゃいだような声を上げる真生に向かって、『じゃあな。気を付けて帰れよ』と優しく手を振ってみせた。

「匡さん、おやすみなさい」

「ああ、おやすみ」

……なんだか、恋人同士の別れの挨拶みたいだな。

そんなことを考えては、うっとうしい自分にさらに落ち込む。

だが匡が家に再び入っていくのに気付いて、祥平ははっと自室を飛び出した。

「おばちゃん、ちょっと上がるね」

勝手知ったる他人の家だ。一階のキッチンで洗い物をしていた匡の母に声をかけると、祥平は二階にある匡の部屋に向かって、階段を上った。

「匡！」

今まさに自室へ入ろうとしていた背中へ呼びかけると、匡は驚いた様子で祥平を振り返った。

「祥？　どうした？　なにか用か？」

何気ないその一言に、喉の奥が焼け付くような痛みを覚え、くしゃりと顔が歪んでしまう。

匡に会ったら笑って話をしようと決めていたのに、最初から失敗してしまった。

——『なにか用か』って、なんだよ。それ。

「……用がなきゃ、来ちゃダメなのかよ…」

「え？　いや……そういう意味じゃないけど…」

じゃあ、どういう意味なんだよ。

「……真生、来てたんだな」

それ以上、恨みがましいことは言いたくなくて、何気ないフリで会話の先を変える。

願わくば、声が震えていませんようにと祈りながら。

「ああ、生徒会の引き継ぎの件で遅くなったし、久し振りに夕食でも食べに来てもらってって、前からお袋が誘ってたしな」

……そのわりには長かったよな。二人で何してたんだよ？

痛いツッコミを入れそうになる自分に自嘲《じちょう》しながら、祥平は胸の中だけでこっそりと溜め息を吐いた。

これじゃ本当に、嫉妬の固まりみたいだ。

だが匡の部屋に足を踏み入れた途端、目の前のローテーブルに並んでいた二つのカップに意識を奪われてしまう。

あれは、いつも祥平が匡と一緒に使っていたカップだ。酒屋のオマケでもらった、安っぽいグラスのカップ。

それが真生がこの部屋へ残していった足跡みたいで、やりきれなかった。

「……ヤな感じ」

真生の痕跡のこともそうだけれど、こんなことでいちいちひっかかっている自分が一番、嫌な感じだ。

視線も合わせずにポツリと漏らした祥平に、匡はいぶかしげな視線を向けてきた。

「祥？」

ぷいと視線を外して、どっかりと床の上に腰を下ろす。

「なにか用があったんじゃないのか？」

「…別に……」

こんな荒れた気持ちのままでは、なにを話せばいい分からない。

祥平は無言のまま、お気に入りの大きなクッションを引き寄せると、膝の上でそれをきゅっと抱きかかえた。

そんな祥平を前にして、匡が肩で大きく溜め息を吐いた。

「あのな……祥。悪いけど、用がないなら今日は帰ってくれるか？」

「……え…。な、んで？」

――びっくりした。

びっくりしすぎて、声が裏返ってしまう。

いくらなんでも、まさか顔を合わせた途端にそんなことを言われるとは、想像もしていなかった。

「今から生徒会の引き継ぎ資料を作らないといけないんだよ。それに、来週から期末テストだろ。今回、ゆっくり祥の試験勉強見てやる暇はなさそうだし、お前の分のまとめノートは別に作っておいてやるから。あとで届けに…」

「ま、真生は……来てたんだろっ？　なのに俺、俺だけ……駄目って、言うのかよ」

――ああ、これじゃ駄目だ。こんなことが言いたくて来たんじゃないのに。

久し振りに会ったばかりだというのに、『帰れ』と言われたショックが思った以上に大きくて、自制がきかなくなっているらしい。

「そーだよな。真生は素直で可愛いもんな。傍に置いておきたいよな。お前のお気に入りだし……、教師とかおばさんウケもいいし……」

なぜこんなにも卑屈なんだろう？　今の自分は。

みっともなくてイライラする。匡だって不審な顔で眉を顰めている。

「いや、そういうことを言ってるんじゃなくてだな……っていうか。祥さ、もしかして真生のことが気になったから、うちに来たのか?」

「ちがっ……! そんなんじゃねぇしっ!」

いきなり図星を指されて、祥平はその場で飛び上がった。

たとえ事実だったとしても、今の祥平にその一言は痛すぎた。

心臓を、ふいに摑み出されたような気がした。嫉妬で凝り固まったどす黒い部分を、突然、目の前に引きずり出されたみたいに。

「なんだよ。気になるなら気になるって、素直にそう言えばいいのに…」

「違うって言ってんだろ! 匡のドアホ! あんぽんたん!」

やめて欲しかった。これ以上自分の惨めな部分を引きずり出されたくなくて、身を守るように、ぎゅっと手の中のクッションを指が白くなるほど抱きしめる。

「そういうとこ、ほんと祥は意地っ張りなんだよな…。……んー、そうだな。なんと言っても真生は誰かさんと違って素直で可愛いからなぁ。あんまり意地っ張りだと、乗り換えちゃうかもな?」

「……っ」

——心臓を撃ちぬかれたような苦しさに、一瞬、息が止まるかと思った。

匡の言葉に、たぶんそう深い意味などないのだろう。これくらいの軽口なら今までだって叩き合ってきた。

悪ふざけにすぎないからこそ、匡もそうして笑っているのだ。いちいち過剰に反応している自分のほうが、たぶんおかしい。

そう頭では分かっていても、その一言だけは言われたくなかった。

……匡にだけは、どうしても。

「……俺…、…かえ……る」

なにも言葉が出てこなかった。全身が知らず知らずのうちに、小刻みに震えはじめる。立ち上がり、フラフラとおぼつかない足取りでドアへと向かう。

「……祥?」

血の気の失せたような祥平の顔色を目にして、初めて匡はその尋常でない様子に、気が付いたらしい。

ドアノブへと掛けたはずの指先が、カタカタと震えてうまくノブを掴めない。

「おい、祥平? ……まさか怒ったのか?」

いつもと違う様子を察したのか、匡はふと真顔になって祥平に歩み寄ってきた。

振り向かせようとして肩に触れてきたその腕を、思いきり振り払う。

「……な…」

唖然《あぜん》としている匡をキッと睨み付けると、なぜか匡はなにかに心奪われたようにハッと息を止めた。

だがすぐ我に返ったように、何度も目を瞬かせる。

「……え？　あれ？　祥。お前……なんでそんな、泣きそうな顔……？」

とぼけた顔に向かって、手にしたままだったクッションを思いきり投げつけてやる。

「バカ！　死ね！」

顔面にヒットし、ぶほっと声を上げたその鷹を、ついでに思いきり蹴り上げる。

「痛ッ……って、おい。ちょ、祥……！」

なにが起きたのか分からないという顔で立ち尽くしている匡を振り捨てるようにして、祥平は部屋から飛び出した。


「ほんと、今すぐ死ねばいいのに」

「し、忍。……お前な…」

駅前のファミレスで顔を合わせた途端、氷のような冷たい一瞥と容赦のない一言でずばっと切り付けられて、匡はぐぐっと声を喉に詰まらせた。

北上家三男の忍は、祥平の愛すべき弟である。美形三兄弟と謳《うた》われるだけあって、その艶《つや》やかな黒髪と切れ上がりぎみの黒い瞳は、祥平とはまた違った趣《おもむき》で見る者の目を引きつけて

いる。日本的な美人とでも言えばいいのだろうか。

だが匡にとって、忍はなによりも苦手な相手だった。

なにしろ忍は自他共に認める、筋金入りのブラコンだ。しかもその対象は、次男の祥平にのみ絞られている。同じ兄弟でも長男の雅春に関してはかなりドライであるのに対し、祥平には誰にも負けないほど執着しているのだ。

おかげで匡は、祥平の関心を奪い合うライバルとして、昔から忍には死ぬほど目の仇《かたき》にされていた。

分かっていながら、わざわざ学校帰りの忍に頼み込んでこのファミレスへ来てもらったのは、昨夜の祥平の様子がどうしても気に掛かったからだった。

匡同様、忍もなにをおいても祥平至上主義であるため、こういうときは頼りになるのだ。

「その、さ。……今朝の祥平の様子は、どうだった？」

「どうって？　なんて言ってもらいたいわけ？　目を真っ赤に腫らして、メシもろくに食わずに学校に行きましたとでも？」

今にも刺し殺しそうな目で冷ややかに告げられた祥平の落ち込みっぷりに、匡は『そうか…』とがっくりと項垂《うなだ》れた。

昨夜、突然ふらっと匡の部屋を訪れたときから、祥平の様子はなんだかおかしかった。

なのに自分はそれに気付きもせず、いつものごとくつい冗談交じりにからかってしまったのだ。

そのとき、きっと踏んではならない大きな地雷を踏んだのだろう。

部屋を出ていくときの祥平の顔色は、血の気が失せて真っ白だった。その横顔も、見たことがないくらい強張っていたように思う。

けれどなによりも匡の意識をさらったのは、あのときこちらをキッと睨み付けてきた、祥平の強い眼差しだった。

祥平が人の目を惹くのは、なにもその顔立ちが美しいからだけじゃない。

生き生きとした表情と、よく笑う軽やかな声。そうしたものも彼の魅力の一つだが、輝きに満ちた強い眼差し……あれには、誰も敵わないのではないかと思う。

祥平に初めて会う人はたいてい、その容姿と性格のギャップを嘆くが、それは周囲が自分の容姿ばかりに囚《とら》われないようにと、自然と祥平が身に付けた処世術なのではないかと匡は思っている。

いつもは騒がしいと言われるほど大口を開けて笑っていても、ふとしたときに見せる愁《うれ》いを帯びた横顔や、魅惑的な眼差しに、気が付けば誰もが引力のように魅入《みい》られてしまうのだ。

昨夜もそうだった。こちらを睨み付けてきた強い瞳に、一瞬、意識を奪われた。

だからこそ、気付くのが遅れてしまったのだ。

視線が揺らいだと思った次の瞬間、形の良い眉が苦しげにぎゅっと寄せられ、大きな瞳がじわりと滲んだ気がした。

――――え？　もしかして……泣いてる？　と思ったときには、もはや全てが遅かった。

祥平は怒ったように部屋を飛び出していき、その後はいくら反省した匡が窓を叩いても、鍵を開けてももらえなかったのだ。

「バカか……俺は……」

「今さら知ったの？　たしかに救いようがないバカだよね」

運ばれてきた珈琲《コーヒー》に口を付けながら、忍は容赦なく匡にとどめを刺してくる。

その涼やかな美貌に、これでもかというほど冷めた視線で見つめられて、匡はますます小さく項垂れた。

「忍……。一応、俺はこれでもお前より年上なんだけどね…」

「ふーん。先に生まれただけでエライんだ？　すごいね。ならさ、自分の不始末で恋人の一人も幸せにできないような甲斐性なしを、バカ以外になんて呼べばいいのかも教えてくれる？」

「……っ」

普段から忍の言葉に容赦はなかったが、こうまで手厳しいのは、きっと先ほど聞かせた話に、忍が静かに憤慨しているからなのだろう。

しぶしぶながらもファミレスへやってきた忍に、匡はこれまでの経緯をかいつまんで伝えた。

生徒会や部活で忙しすぎて、祥平をあまり構ってやれなかったこと。そんなときに学校周辺で変質者騒ぎが起きたこと。

同時に真生からも『実は一度、その男らしき相手に絡まれたことがあって怖いんです。しばらくでいいから登下校を一緒にさせてくれませんか』と、泣き顔で頼まれたことも。

匡の説明を聞いている間中、忍はずっと苦虫を嚙みつぶしたような顔で黙りこくっていたけれど、昨夜、匡が冗談交じりの言葉で祥平を傷つけてしまったあたりまで話が進むと、『……アンタさ、本当にバカなんじゃないの？　いっぺん死んで人生やり直して来たら？』と寒々しく吐き捨てた。

まったくそのとおりだったので、言い返す余地もなかったが。

「はー……。なんだって俺は、あんなにまで祥が思い詰めてたことに、気付かなかったんだろな…」

「色惚《いろぼ》けしてたからだろ」

「色惚けって、別にそんなんじゃ……」

小さく言い返してみたものの、刺すような視線で睨み返されて押し黙る。

……たしかに、色惚けしていたことは認めよう。そのせいで、いつもなら一番に気付くはずの恋人の状態に、気付くのが遅れてしまったことも。

「だいたい、俺が本気で恋人を乗り換えたりするわけないだろが。それは祥も分かってるもんだと思って……」

「乗り換えたんだろ？」

「乗り換えてないっ！」

いくらなんでもそれはないと言い張る匡を、だが忍はばっさりと切り捨てた。

「乗り換えたんだよ、アンタは。兄貴にもそう言ったんだろ？」

「違う！　俺はただ、あんまり素直じゃないと乗り換えちゃうかもなって、そう言っただけだ。それも、本当にただの冗談で……っ」

あんな軽口を、本気で取られたら堪らない。

「そうか？　でも、あれだけ真生をベタ褒めしてたら、十分に本気っぽく見えただろうし、そんなふざけた状況で暴言を吐かれた兄貴が、『冗談だって分かってるんだからな？　はは』なんて微笑む姿は、どうも俺の乏《とぼ》しい想像力じゃ浮かんでこないけどね」

「忍っ。お前、お前ね……」

プルプルと肩を震わせながらも匡が反論できないのは、その言い分があまりにも的を射ていたからである。

「だからってな、俺は断じて祥から乗り換えたりなんかしてないからな⁉」

「ふーん。じゃあ聞くけど、いったいどこでそれって分かるもんなわけ？」

「……はぁ？」

「乗り換えたかどうかの境界線ってのは、いったいどこにあるんだって聞いてんの。……まさか俺の心の中、とか言うなよ？」

痛いところを突かれて、言葉に詰まる。

「それとも、あれなの？　兄貴の身体から新しい身体に乗っかるまでは、乗り換えてないってことになるわけ？」

「忍っ！　お前、よくもそんなこと…」

その言い草はさすがにカッとなったし、ここまで言われて黙っているわけにはいかなかった。

「俺はな、単純だとかバカだとか言われても、これまでずっと祥しか欲しくなかったし、これからだってそうだ。一生、祥平しか愛せない」

「そんなの知ってる」

自分の心の全てを、あの人が全て持っている。

どれだけ自分が祥平だけを求めているか、それを思い知らせる気持ちで声を荒らげた匡に、だが忍はシレッとした顔で頷いた。

「え、あ……そうか？」

あまりにあっさりと肯定されて、匡はがくっとその肩をずり落とした。

どうやら忍は、匡のことを『兄貴を攫《さら》っていくどうしようもない変態男』と認識しつつも、祥平に寄せる想いの強さだけはしぶしぶながら認めてくれているらしい。

「……あれ、でもじゃあなんで？」

「なんで？　そんなもんこっちが聞きたいね。たしかに真生はタイプで言えばあんたの好みど真ん中なんだろうけどね。そこまで一筋の恋人をないがしろにしてまで、入れ込むほどかよ？」

忍の追及は相変わらず容赦がない。

気は強くても天然気味の祥平と本当に血が繋がっているのかと、一度問い詰めてみたくなるほどだ。

「……たしかに、最近の俺の態度は悪かったよ。それは認める」

コホンと小さく咳払いをする。

これを言ってしまったら、たぶん忍からは絶対零度の眼差しで見られること間違いなしだったが、それでも、もうこれ以上の誤解は招きたくなかった。

「でもなぁ……可愛かったんだよ」

「真生が？」

「祥が！」

案の定、忍は『はあ？』という眼差しでこちらを見つめている。

「その……真生を褒めるとさ、珍しく祥が嫉妬してくるんだよ。頬とかぷくっと膨らませて、ちょっと拗ねたような上目遣いでさ。それが……なんていうかもう、すげー可愛くて……」

「………」

「なんで黙ってるんだ？」

「……呆れてものが言えないって、こういう意味かと噛みしめてる」

目を細めたままこちらをじっと見つめてくる忍の視線が、思いきり『バーカ』と言っているのを感じる。

それに関しては、もはや言い訳のしようもなかった。

「まぁ……それだけってわけでもないけどな。忍。あの顔だぞ？　あの顔で『匡さん』なんてキラキラした目で呼ばれて見ろ。理性吹っ飛ぶぞ？」

「……ほんと病気だね」

忍の視線は呆れを通り越して、もはや残念な人を見るような目つきになっている。

だが付き合いの長さからか、それが真生に対する賞賛からきているものだとは思わないでくれるのは、ありがたかった。

「アンタさ……そんなに兄貴がいいわけ？　顔さえ似てれば、従兄弟だろーと赤の他人だろーと関係ないくらい？　いや……アンタの場合、相手が犬でも猫でも構わなそうだよな。どこか兄貴に似てるところさえあれば」

ひどい言い種《ぐさ》だ。自分にだって選ぶ基準くらいある。

「いや……いくら顔が似てても、お前はできたら遠慮しておきたい…」

「それはこっちの台詞だ。考えるのも失礼だ。気色が悪い」

互いにぞっとしない想像に、顔を歪める。

「いくら兄貴に似てても、俺だったら真生なんかとはつるみたくないね。いい子ちゃんぶったアレに完全につけ込まれてるあたり、アンタやっぱ抜けてるよ」

仮にも従兄弟だというのに、忍の真生への評価の低さにはさすがに顔を顰《しか》める。

もともと祥平以外の人間に対してはクールなほうだが、祥平を泣かせた要因として、忍の中での真生の地位は、地を這うほどまで下がったらしかった。

「別につけ込まれたってわけじゃないぞ？　……真生が最近、変な男に目をつけられて困ってたって話はしただろ。祥も子供の頃からよくそういうのに付け狙われて、いろいろと苦労してたのは知ってたからな。真生は祥に似て可愛い顔してるし、周りの男が放って置かないのも分かるしな」

生徒会の帰りが遅くなった日は、一人で帰るのが怖いという真生を家まで送っていったことが何度かあるが、ただそれだけだ。

自分のようなデカイ男が隣にいるだけでも虫除《むしよ》けにはなるのか、幸いそれらしき相手は姿を現さなかった。

朝練に向かうときも、真生も早出だというのでたまたま同じ電車になることもあったが、同じ通学路なのだ。偶然が重なることぐらい……。

「そういう鈍いところを、うまく利用されたわけか」

「どういう意味だ？」

「……アンタってさ、兄貴狙いのライバルへの嗅覚は人知を超えてんのに、自分のことになると、途端にドンくさいのな？」

「……悪かったな」

「真生は、『変な男につきまとわれてる』とか言えば、アンタがガード役を買って出るのが分かってたんだろ。その辺を逆手にとって、ちゃっかりアンタの隣に当然の顔で居座ってんだから、俺から見たらよっぽど神経図太くて、性悪《しょうわる》だと思うけど？」

意味が分からなかった。

変質者の話を聞いて、怯えていた真生の姿を思い出す。

「まさか作り話だって言うのか？　そんなことして、いったい真生になんの得があるんだ？」

わけが分からず尋ね返すと、忍は珍しくなんともいえないような愉快そうな顔になり、鼻先で笑った。

忍の笑顔など、祥平以外の人間は滅多にお目にかかれるものではない。

明日は槍《やり》が降るかもしれないな……とぞっとしつつ、ついまじまじ見つめてしまう。

「あーあ。真生もほんと報われないね。兄貴至上主義の変態に横恋慕したところで、どうせ『恋人によく似た後輩』ぐらいにしか思ってもらえないんだから。……ま、自業自得だし、これっぽっちも同情なんかしないけどね」

「はあっ？　……横恋慕って、なんだそりゃ？」

「なにが」

「だ、だって俺と祥が付き合ってることは、真生もちゃんと知ってるんだぞ？　『昔から仲良しで羨《うらや》ましいです』とか『お二人ってすごいお似合いですよね』とか、いつも褒めてくれて…」

「そう言えば、アンタが鼻の下をデレデレのばして喜ぶって知ってたからだろうが」

「そ、そう……なのか？」

「ちょっと考えれば分かりそうなもんだろ？　鈍いあの兄貴だって、とっくに気が付いてたってのに」

「………そうなのか…」

だとしたら、自分の言動は本当に無神経丸出しだったに違いない。

その上でさらに、あの発言だ。いかに自分が特大の地雷を踏みつけてしまったかを、今さらながらにようやく匡は理解した。

——マズイ…。これは今すぐにでも祥平に謝りに行かなければ。

「元はと言えば、アンタが兄貴に似てるってだけで、真生の話をニコニコ聞いてやったり、家まで送ってやったりしてたから、余計な期待を持たせたんだろ。それで本命を逃してたら本末転倒なのに、少しは考えて行動しろよ」

「だから、それについては海より深く反省してるって。でもまぁ……祥がなぁ、あの十分の一でもこう……素直に甘えてきてくれたら、俺としては言うことがないんだけどな」

「あのさ、もし兄貴が今よりずっと素直で大人しい性格してたら、アンタ今頃、ライバルへの牽制《けんせい》と嫉妬の嵐で、おかしくなってんじゃないの？」

「……だろうな」

嫌みたっぷりの忍の言葉に、それも大いにありえるなと匡はこくりと頷いた。

アホかという目で見られていることは、この際気にしないことにする。

恋する男というのは、たいていがアホで、一途で、盲目的なものなのだ。

「アンタさ、さっきから聞いてれば『祥しか愛せない』とか、そういうことよく恥ずかしげもなく言えるよな。厚顔無恥《こうがんむち》っていうのは、まさにアンタみたいなことを言うんだな」

「そうか？　俺だってさすがに誰の前でも言うわけじゃないぞ？　……ああでも、高槻ならそれぐらい平気で言いそうだな」

お返しとばかりに引き合いに出された男の名に、忍は心底嫌そうに眉根を寄せた。

「アレの話ならしたくない」

「お前も大概、素直じゃないよな…。自分の恋人をいつまでアレ呼ばわりしてるつもりなんだ？　祥平以上だぞ、その意地っ張りなところは」

三年前、祥平のピンチを救ってくれた高槻とは、あれ以来、今もなんとなく付き合いが続いている。祥平も高槻とは気が合うらしく、たまに会ったりしているようだった。

高槻はかなり変わった男で、なんと昔から忍を追いかけ回しているらしい。

苦々しい顔をした忍から、『アレの目的は俺だよ』と打ち明けられなければ、匡はきっと祥平の周りから排除すべき人物として、一番に高槻をリストアップしていたに違いない。それが分かっていたからこそ、忍は恥を忍んで打ち明けたのだろう。

あれから三年経った今でも、この二人の関係は見たところ、一向に進展している様子がなかった。

それでも忍を諦めないでいる高槻という人物に、匡としては頭が下がる思いだ。

「人のことは放っておけよ。アレとは別に恋人なんかじゃないって、前にも言ったはずだ。今度口にしたら、兄貴を犯す」

「……そんなことしたら、お前を殺す」

「それはこっちの台詞だね。そんな目で人を睨み付けてる暇があるなら、さっさと土下座でもして尻拭いしてくれれば。それとも、兄貴とはもう別れるつもりなのか？」

「ない。それだけは絶対ない！」

「別に俺はそれでもいいけど？　責任なら、俺が喜んでとるし」

平然と告げる忍に向かって、匡はプルプルと首を振ると、『絶対、ないからな！』ともう一度、強く念を押しておく。

忍の場合、祥平さえ『うん』と言えば、平気でやりかねないところが恐ろしい。うっかりしてると、本気で足を掬《すく》われそうだ。

「まったく……別れるなんて縁起でもない」

だいたいなんのために自分が必死になって、生徒会などというわずらわしいものに所属していると思っているんだ。

全ては、近い将来『祥平を嫁にもらう』という、壮大な人生設計のためである。

そのためにも今から実績を積んで、甲斐性のある男になっておかなければならない。

それなりに金があって仕事もできれば、ホモだろうと、男同士で家庭を築いていようと、周囲は大目に見てくれるはずと匡は勝手にそう踏んでいる。

匡の母への報告もとっくの昔に済ませており、『まぁ…そんな気はしてたわ。祥ちゃんは可愛いし、本当にうちの子になってくれるならそれもいいわね』と快《こころよ》く了承済みだった。

その話を以前に忍にしたところ、実にいやーな顔で『アンタ……やっぱり病気だよ』ときっぱり言われてしまったけれど。実の兄にそこまで思い入れている忍だって、かなり病気に近いと思う。

それを口にしたりすれば、十倍の罵詈雑言《ばりぞうごん》が返ってくると分かっているので、あえて言いはしなかったが。

「なんで兄貴ももう少し、まともな男を選ばなかったのかね…」

忍が大きな溜め息とともに零したその一言に、耳が痛むのを感じながらも、匡は自分が不用意に傷つけてしまった恋人の元へ駆けつけるべく、立ち上がった。

重たい足取りのまま自宅の玄関扉に手をかけた祥平は、鍵が掛かっていることに気付いて首を傾げた。

忍は……買い物にでも出かけているのだろうか。いつもなら自分よりも早く帰って、夕飯の支度を始めている頃なのに。

不思議に思いつつも、鞄《かばん》の中から鍵を探り出し、扉を開ける。

「祥ちゃん」

そのとき背後からかけられた声に、祥平はビクリと全身を震わせた。

振り返れば想像どおり、できれば今一番会いたくなかったはずの人物が、相変わらず上品な笑みを浮かべて立っていた。

「……真生」

なにしに来たんだ。まさか匡も一緒なのかとちらりと視線を向けると、真生は祥平の視線の先に気付いたように『ああ』と頷いた。

「匡さんならまだだよ？　俺、今日はどうしても祥ちゃんに話したいことがあって、あの人とは別に先に帰ってきたんだ」

……あの人とか、馴れ馴れしく言ってんじゃねーよ。

まるでもう、匡が自分と一緒にいるのが当たり前だとでも言いたいような態度に、激しく心が乱れそうになる。

「……入れば」

本当は真生と話などしたくもなかったし、このまま追い返してやりたかったけれど、それでは尻尾《しっぽ》を巻いて逃げ出すことになる気がする。

祥平が玄関扉を開け放ったまま、さっさと靴を脱いで自室へと向かうと、真生も『じゃあちょっと、お邪魔させてもらうね』と大人しくついてきた。

自室に入り、鞄をぽんと放り投げる。そのままベッドに腰掛けた祥平は、部屋の入り口に立つ、自分によく似た従兄弟に向かって顎をしゃくった。

「……適当に座れば」

「いいよ別に。話だけ済んだら、すぐにお暇《いとま》するつもりだし」

見下ろすように立たれたら、こっちの居心地が悪いんだよとは思ったが、それを口にはできなかった。

真生を前にビクついているなんて、絶対に悟られたくない。

「……で？　話ってなんだよ？」

「祥ちゃん。なんか怖い顔してるね？」

当たり前だ。だれがムカつく相手を前に、ニコニコ笑えるんだっつーの。

特に最近の真生の行動は目に余るものがあった。まるで匡を自分の所有物であるかのごとく振る舞い、その顔にはっきりとした優越感をのせて、祥平を見下ろしてくるのだから。

口の端だけ上げたその上品そうな笑い方も、今ではもはや癇《かん》に障ってしかたがない。

祥平の視線を真正面から受け止めた真生は、ニコリと笑って口火を切った。

「ねぇ。匡さん、僕にくれない？」

「………っ！」

告げられた衝撃の言葉に、祥平は身を震わせた。

頭では分かっていたつもりだった。真生がいったいなにを望んでいるのか。

それでもなんの前触れもなく、いきなり宣戦布告を突き付けられるとは思ってもみなかったのだ。

「まぁ、こんなこと祥ちゃんにいちいち断らなくてもいいのかなとは思ったんだけど、一応ね。要はあの人の気持ちなんだし。人の心は、誰のものでもないしね」

「いきなり……なに、言ってんだよ」

「いきなりじゃないよ。……あのね、僕は昔からあの人のこと好きだったんだ。祥ちゃんなんかよりずっとね。だけど祥ちゃんって、昔からなんでも自分が一番じゃないと気が済まなかっただろ？　あの人は優しいから、それに合わせてくれてたんだろうけど……いい加減、解放してあげて欲しいんだよね」

声が出なかった。

普段の気の強さが嘘みたいに、言い返す言葉が見つからない。

「そうじゃなくてもあの人、今すごく忙しいのは見てて分かるだろ？　なのにいまだに祥ちゃんに振り回されてる。自分だって生徒会と部活でメチャクチャ忙しくって、睡眠もろくに取ってないっていうのに、勉強見てやったり、誰かさんのために試験用のノートまで作ってるんだって？　いい加減、自分でもひどいことしてるって思わない？　ただ家が隣同士だったっていうだけで、よくそこまで振り回せるよね」

「……匡が…そう言ったのかよ」

そんなわけがないと思う。

匡はそんなことで、人にグチグチ文句を言ったりするような男じゃないし、もしなにか文句があるなら直接自分に言ってくるはずだ。

「あの人は優しいからそんなこと言わないだろうけど、言われなくても察しなよ。それだけでも迷惑なのに、最近じゃ一緒に帰ってくれない、ご飯も食べてくれないって拗ねてるんだって？　……ホント、全然変わってないよね。そういう王様気質なとこ。いや、女王様って言うべきなのかな？」

「……お前は、……随分と変わったよな。昔は、泣きながら人のあとばっか付いてきたのに」

震える舌で、やっとそう言い返す。

本当に真生は変わったと思う。以前はこんな風に挑むような視線で、自分に向かってくることなんかなかった。

それもこれも、匡に本気で恋をしたからだとでも言うのだろうか？

「誰かさんに鍛えられたしね。それに俺だっていつまでもガキのままじゃないよ？　何年会ってなかったと思ってるの」

「は…、見せてやりてぇな。お前を『天使みたい』だとか幻想を抱いてる奴らに、その本性をさ」

そう吐き捨てた言葉とは裏腹に、声が震えそうになる。

「ほんと祥ちゃんって、そういうとこバカだよね。せっかく綺麗な顔に生まれたんなら、それを利用しなくてどうするんだよ。そんなんだから結局、飽きられて愛想を尽かされるんだろ？　にっこり笑って大人しくしてれば、みんな可愛い可愛いってなんでもしてくれるのにさ。……匡も含めてね。よく知ってるだろ?」

「お前がアイツを勝手に呼び捨てにしてんじゃねーよ!」

ギリと奥歯を噛みしめて、目の前の男を睨み付ける。

まるで匡がもう自分のものだと言わんばかりに、呼び捨てにされるのは我慢がならなかった。

「なんで? ……もしかしてそんなことで、自分だけが特別だとでも言いたいわけ? 随分と幼稚なんだね」

鼻先でふふんと笑われてしまう。

僅《わず》かばかりに残っていた虚勢も全て、真生の前ではぎ取られていくような気がした。

「特別に決まってんだろっ。俺はアイツの恋人なんだしっ、匡だって……」

「恋人?」

そうだと頷く。それが真生と自分の違いなのだと見せつけるように。

「だから?」

「だからって……」

「だから、それがなんなんだよ。そんなことぐらいで怯《ひる》むんなら、初めから俺にくれなんて言ってない。だいたい幼馴染みからのなし崩しの関係なんて、そろそろ卒業したら? あの人だって、いつまでも恋人ヅラされて傍にいられたらいい迷惑だよ」

目の前がクラクラとして視界が歪みはじめる。

「別に、なし崩しとかじゃねーし。アイツだって俺のこと、好きだって言ってたし…」

「へぇ？　今もそう言ってるの？」

「……」

「だいたい子供の頃の恋愛なんて、ただの疑似恋愛もいいとこだと思うけど？　思春期に入ってそういうことに興味を覚え出した頃、ちょうど傍にいた手頃な相手についふらふらって手を出すなんて、よくある話だしね」

一番、触れられたくなかった心の柔らかな部分。そこに容赦なく鋭い爪をざくっと立てられた気分だった。

「そんなわけ……」

ないと否定する声が、微かに震えた。

真生に、全てを見透かされたような気がした。

――興味本位。傍にいた手頃な相手。

その言葉を祥平が強く否定できなかったのは、一度もそうしたことを考えたことがないと言えば、嘘になるからだ。

匡のことを、そういう意味で好きだと自覚する前から、気付けば彼と寝ていた。

匡からはなにをされても嫌じゃなかったし、そっと壊れ物を扱うみたいに、大事そうにあちこち触れられるのは気持ちよかった。自分からも、匡に触れてみたいとも思った。

他の男に触られたときは死ぬほど嫌だったし、たとえ友達であっても克実とはそうしたことを考えられないのだから、たぶん自分は性的に未熟だった頃から、匡だけが特別だったのだろう。ただ自覚がなかっただけで。

でも――匡のほうはどうなんだろう？

「匡は……俺を、捨てたりしねーよ……」

匡と自分の差を感じて、漠然とした不安を覚えるたび、『大丈夫』だとそう自分に言い聞かせてきた。

その根拠のない『大丈夫』が、大きく揺らぎはじめる。

「だろうね、あの人は優しいから。だから、祥ちゃんのほうから離れてくれって言ってんの」

「……イヤだ。俺…は…離れたくない」

あのときも、強くそう願った。

匡がほんの少しでも、自分といたいとそう思ってくれるなら。

「ふーん。……じゃあさ、離れやすくしてあげようか？」

「な…んだよ？」

自分と匡では、色々と差がありすぎる。そんな当たり前のことすら気付かずにいた自分に、三年前、匡が見切りを付けたように。

今回もまた知らない間に、匡との間に距離ができていたのだろうか？

「俺ね……あの人と寝たよ」

キンと、耳鳴りがした。

まるで静かな水底へ沈んだときのように、どこか遠くから真生の声が降ってくる。

「昨日の夜、あの人の部屋に呼ばれてね…」

喉がぎゅうぎゅう詰まって、息が苦しい。なのに悲鳴すらも出てこない。

きりきりと絞られるような胸の痛みに、祥平は震える指先でガリ…とそこを引っ掻いた。

「匡さんと寝たよ、俺。……だから今日ここへ来たんだ」


いつ真生が出て行ったのか、よく覚えていなかった。

気が付けば、祥平は部屋の隅でただ一人、ぽつんと膝を抱えていた。

夕日の落ちた部屋の中は、かなり薄暗くなっている。それでも電気を付けるため立ち上がる気も起きずに、祥平は立てた膝に顔を埋めた。

……なにもしたくない。

昨夜のように、匡に会いに行ってその真相を確かめることも。もし真生の話が真実だったとして、『ふざけんなよ』と怒りをぶつけることすらも。

そんなことをしたところで、今さらいったいなにになるというのか。

恋はもう、匡の中で終わってしまったのかもしれないのに。

「…そっか…」

――自分は、振られるのか。あの幼馴染みに。

いやもしかしたら、もうとっくに振られていたのかもしれない。ただ自分だけが気付いていなかっただけで。

……それもそうか。エッチもうまくない。バカでなんの役にも立たない。素直じゃなければ、可愛げもない。

改めて考えてみれば、思い当たることが多すぎた。

ここ最近になって匡が、あの窓からやってこなくなったのも。

昨日の晩、疲れた様子で『帰ってくれ』と言われたそのわけも。

「…ほんと、鈍いよな……」

三年前と同じだ。あれから自分なりに少しは成長したと思い込んでいたけれど、結局のところ、なにも変わっていなかったらしい。

ただのほほんと匡の傍にいるだけで何もせず、気が付いたときには飽きられて、愛想を尽かされている。

匡はいつも真生のことを褒めていたのに。祥平と違って、素直で可愛いと。

なのに自分はそれにただ拗ねていただけで、なんの努力もしなかった。

——もしかして、ベッドの中のことも比べられていたんだろうか…。

そう思った瞬間、背筋にぞっとするような寒気が走り抜け、鋭い痛みが深く胸に突き刺さった。

新鮮味のない身体。いつまで経っても慣れもせず、手間ばかりかけていた。

抱いたところでもうつまらないと、そう思われていたんだろうか…。

「……っ」

そんなひどいこと、匡が思うはずがない。

だがどんなに否定してみても、苦しい想像は止まらなくて、ますます祥平の胸をギリギリと絞り上げていく。

友達同士のケンカなら謝れば済む。三年前のように謝って、もう一度やり直すこともできる。

けれど恋人同士の場合はどうなんだろう？　謝ったところで、もう一度好きになってなんてもらえるのだろうか。

「………っ」

気が付けば祥平は暗闇の中で目を開けたまま、ぽろぽろと大粒の涙を零していた。

……知らなかった。絶交されるより、『今はもう好きじゃない』と言われるほうが、こんなにも胸が苦しいだなんて。

知らなかった。——恋にも、賞味期限があるなんて。

だって自分にはそんな期限、ぜんぜん必要なかったから。

「……祥？　いないのか？」

コンコンと叩いた部屋の扉は、薄く開かれたままだった。

祥平の靴なら玄関に置いてあったし、鞄も床に投げ捨ててある。だが家の中に人の気配がしないことを不思議に思って中を覗き込むと、祥平は薄暗い部屋の中、ベッドで膝を抱えるようにして俯いていた。

「なんだ。いるならちゃんと明かりくらい付けろよ」

ホッとしながら壁のスイッチを探って電気を付ける。だがぱっと部屋の中が明るくなっても、祥平は膝を抱えたまま、顔を上げようともしなかった。

……こりゃ、いつもよりだいぶキテるな。

祥平が匡に怒っているときは、たいていい顔を合わせたらすぐに文句を言うか、手足が出るかだ。そして今はそのどちらでもない。

静かすぎる祥平の態度はなんだか不気味で、匡はこっそりと溜め息を吐いた。

「祥。あのな、昨日のことなんだけど……」

頭を掻きつつ、ベッドの隣に腰掛ける。だが祥平は一瞬、ビクリと肩を震わせただけで、やはり匡のほうを見ようともしなかった。

「祥?」

顔も上げない恋人に焦れて、俯いた頰へと手を寄せる。

だがその手から逃れるように、祥平はますます顔を背《そむ》けてしまう。それに焦れて、匡は祥平の両肩を摑むと、下から顔を覗き込むようにして強引に視線を合わせた。

瞬間、匡は祥平の眼差しにギクリと背筋を凍らせた。

泣き腫らしたような腫れぼったい赤い目元。だがそれよりも気になったのは、祥平の目の色だ。

それはひどく暗い色をしていた。まるで感情がすっぽりと消え落ちた、人形みたいに。

「……なにがあった?」

なにもなくて、祥平がこんな目をするわけがない。

いつも生き生きとした表情と力強い視線でキラキラと輝いて、人を魅了する恋人とはまるで別人のようだ。

「……別に…」

ぽつりとしたその声にもゾッとした。

凍えるような声とはこういうのを指すのだろうか。

「祥平、こっち向けって。俺を見ろよ」

「……見てる」

「見てないだろ。……なぁ、文句でもなんでも言いたいこと言っていいから、ちゃんと俺の目を見て話してくれ」

怒鳴られたり、罵られていたほうがずっといい。そんな虚《うつ》ろな眼差しで、目の前にいるはずの自分すら見えてないみたいに、視線がすり抜けていくよりは。

だが匡の言葉に、なぜか祥平はクッと皮肉げに笑って肩を震わせた。どこまでも暗い瞳はそのままで。

「…見てるじゃんか、こんなに近くで」

「見てないっ！」

互いの吐息がかかるほどの至近距離で話していても、視線の先がまったく重ならないことに匡はひどく苛立っていた。

両肩を摑む手にぎゅっと力を込めて、強くその身体を引き寄せる。

「なぁ……祥平。俺のほうをちゃんと見てくれよ、頼むから」

骨が軋むほどの強い力で抱きしめる。きっと痛いはずなのに、祥平はそれすらどうでもいいと言うように、匡の腕の中でぼうっとしている。

同じ部屋にいながら、祥平と自分とではまるで違う空間にいるかのようだ。それが匡には耐えられなかった。

「祥…っ」

匡は苛立ちのまま、目の前の身体をベッドへ押し倒すと、覆い被さるようにしてその上に乗り上がった。

「は……、なせ…よっ…」

それまで焦点の合わなかった瞳が、ようやくハッとしたように瞬いて、祥平が腕の中で暴れ出す。

「……っ」

祥平が強くもがいても、匡はその手を止めようとはしなかった。

蹴り上げてきた足が、鳩尾《みぞおち》のあたりに直撃した瞬間だけ少しみじろいだものの、匡は無言のまま、身体全部を使って祥平を押さえ込んでいく。

互いに無言の攻防がしばらく続いた。制服のシャツを脱がしている間、ずっと叩いたりひっかいたりしていた恋人の腕を匡はやすやすと掴んでまとめると、ベルトを使って後ろ手に縛り上げてしまう。

両手の自由を失ったことで、祥平はこのとき初めて匡の本気を悟ったのか、はっとその身を固くした。

「や……め…」

いままで一度だって、こんな風に祥平を手荒く扱ったことはなかった。

だがここで逃すわけにはいかない。匡はジタバタもがくその細い身体から、無慈悲にも制服のズボンを下着ごと手早く引きずり下ろすと、ぐいと両脚を広く割った。

「……っ」

ショックを受けたようなその顔を上向かせて、強引に唇を重ねる。

噛むような口付けと、瞼を開けたまま絡む眼差し。

荒々しく身体をまさぐっていき、身体の中心で縮こまっていた祥平自身を見つけて、強く握り込む。いつもの愛撫からはほど遠いその行為に、祥平の全身は微かに震えているようだった。

「……たす…く…」

今日、初めて呼ばれた自分の名前。それを耳にして、匡はようやくほっと小さく息を吐き出した。

覗き込んだ視線は僅かな怯えを含みつつも、先程とは違った感情を覗かせている。

「もっと呼べよ…」

ぎゅっと握ったままだった性器を、今度はやんわりと、優しく弄りはじめる。袋の部分も一緒にやわやわ揉んでやると、途端に息を吐いて跳ねる身体が愛しかった。

「た、匡…」

次第に力の抜けていく細い身体。その全身にキスを降らし、あちこち撫でてやりながら、もう一方の手は確実に祥平の快感を煽っていった。

どこをどうすれば祥平が甘く鳴くのかなんて、もうとっくに知り尽くしている。

匡は手の中で育ちはじめたそれを甘く扱《しご》きながら、祥平が弱い裏のくびれや、小さく開いた先端をくすぐるように、刺激を加えていった。

「あ…、匡…、匡……っ」

「もっとだ…」

潤みはじめた瞳の中に、熱っぽい光が戻っていることに、心からほっとする。

匡の手淫《しゅいん》に合わせて腰を揺らしはじめた祥平は、白い皮膚《ひふ》が粟立《あわだ》って、だんだんと桜色に染まっていくのが分かる。

それに目を細めると、匡は自分を誘惑するように尖りはじめた胸の先に吸い付くように口を付けた。

舌と唇で挟んだそこを強く吸い上げる。舌先で膨らんだ粒を転がすと、途端に手の中にいる祥平が、震えて大きくなるのが分かった。

「匡……たす…く、……っ、も……」

指と舌と唇を使ってしつこくあちこちを弄られて、祥平は甘く啜《すす》り泣いた。

とっくに濡れはじめていた先端を軽く指で弾くだけで、たまらぬ様子で身悶《みもだ》えてみせる。

匡の愛撫にすっかり慣れた身体は、なにをされても快感と受け止めてしまうらしい。

がくがくと震えている腰を摑み、とろとろと濡れ出した先端を爪の先でくすぐったとき、
祥平は甘い悲鳴を上げて身を捩った。

「……あぁっ！」

ほんの少しだけ、熱い雫が匡の指先を濡らす。だが全ての放出は許されない。

いまにも弾けそうな根本をきゅっと摑んだままの匡に、祥平が『な…んで…？』と泣きそうな声で呟いた。

その頬を一度、優しく撫でてやってから、匡は祥平のそこに顔を伏せた。

「あ……っ、あ…っや…」

濡れた先端を、匡の熱い口腔《こうこう》内に包まれた途端、祥平は蕩けそうな声を上げ、シーツを爪先で掻き乱した。

「や…、……そんな……のっ、あ、あ…んっ、…あ…っ」

白い内腿が、匡の舌の動きに合わせて引きつれる。

先端から一度口を離して、内腿の皮膚の薄い部分にカリと歯を立てると、祥平は声もなく

震えて悶えまくった。

ここもまた、祥平の弱い場所なのだ。

「…たす…くっ…」

涙交じりの声で、早くなんとかして欲しいと、祥平がその身体を擦りつけてくる。

祥平がこんな風に無意識の仕草で、匡を誘うようになったのがいつの頃だったか、もう覚えていない。

だが男の前で自分から脚を開き、途切れ途切れに名を呼ぶその媚態《びたい》は、どんなときも匡の感情を駆り立てた。

「ね……、も…ぅ…、もうダメ…、匡。ダメ……そこ…舐めん…の、だめ…っ」

潤んで滲む瞳。半開きに開かれた唇はいつもよりずっと赤く、ぽてっとしている。

熱っぽく染まった頬に、とろんとした表情。

胸もあそこも身体中を敏感に尖らせて、その先をねだる様は、普段の祥平からは想像も付かないほど大人びて、艶めいて見えた。

……こんな姿、もし他の誰かに見せたりしたら、その相手を殺してやる…。

そんな物騒な想いが一瞬、本気で脳裏を横切るほどに、匡は祥平にイカレていると自覚している。

抱きはじめのときの初々しい様子ももちろんいいが、完全に快感に溶けたときの祥平の姿は、こちらの頭の芯がいっそ焼き切れてしまうのではないかと思うくらい、たまらなく色っぽくなるのだ。三年かけて、自分がそうした。

今さら他の誰にも譲るつもりはない。入れるたび、ぴたりと吸い付くほどに隙間《すきま》なく馴染む身体は、匡の形を覚え込まされてそうなったのだ。

「ん……、んん…っ、匡、も…、ヤダ。放し……て…」

「……ここ、もう舐められたくないのか？」

「ち、が……。手…っ、のほうっ…。そこ、止めんのヤ……」

誰よりも愛しい人間が、自分の愛撫を求めて、震えている。これ以上の興奮など、他には知らない。

根本を指の輪で堰き止められたまま、しつこいほど先端ばかりを舐められて、祥平は頭を振りながら、涙を溢れさせている。

両手が自由にならないせいで、匡の指をそこから引きはがすこともできず、何度も短い息を繰り返し吐く祥平は、ひどく扇情的だった。

できるなら、ずっと見つめていたくなるほどに。

「…たす…っ…っ、…匡ぅ…」

しゃくり上げつつ名前を呼ばれて、頭と腰の奥がジンと痺れた。

舐めていたそこから顔を上げ、手で弄ってやりながらその頬に口付ける。

「……も、…だ、もぉやだ。イキた…、イかせ…て…っ」

イキたくてもイケないことで、祥平はほとんど意識を飛ばしているようだ。

こういうときの祥平は、ひどく素直になる。

「祥？　手、解《ほど》いてやるからあとは自分でするか？」

「ヤダ…！　な…んで…っ」

なんでそんなひどいことを言うんだと、祥平は再びどっと新たな涙を溢れさせた。

「なら、誰にイかせてもらいたいんだ？」

「匡…、匡に…っ、匡にしてほし…っ」

恥知らずで素直な言葉が、濡れて光る唇から零れ落ちていく。

「…キスは？」

「して…、…キスも、して…」

言葉に誘われるように、しつこくて濃厚なキスをたっぷりとしてから、前の輪をゆっくりと外してやる。

「……っっ！」

途端、祥平は背を弓なりに反らして、ビクビクと大きくその身を震わせた。それが最後だった。

「……手、痛い…」

「ああ、ごめんな。きつかったよな」

ぽつりとした声に、匡は慌てて祥平の身体を抱き起こすと、急いでその手を自由にしてやった。身悶えたときに擦れてしまったのか、少し赤くなっている手首を指でゆっくり撫で擦る。

祥平は焦らされたのがよほどこたえたのか、荒い息を繰り返したまま、ぐったりと匡に身を預けていた。

「うん？　どした？」

だがしばらくして祥平は、匡から離れるようにベッドの上へとずり上がっていく。これに混乱したのは匡の方だ。

たしかに少し手荒だったことは認める。多少の意地悪をしてしまったことも。でもそれは祥平の意識をこちらへ向けるためであって、すでに手首の戒《いまし》めも解いてあるのだ。

いつもなら仲直りのキスをすればそれでケンカは終わりとなり、自分から擦り寄ってきたりもするのに、今の祥平は本気で自分から逃れようとしているように見えた。

「祥……？」

祥平は荒い息を繰り返したまま、こちらを見ようともしない。

さっきまでの夢中だった態度とは、明らかに違っていた。

一瞬、戻って来たはずの祥平の意識が、また自分の手の届かない遠くへとさらわれてしまったような心地になる。

「……祥平…」

「触んなっ」

恐る恐るその肩に手を伸ばしてみたものの、触れた途端、ばっと振り払われてしまった。

そこにたいした力はこもっていなかったが、それだけでもう、匡は一歩も動けなくなっていた。

愛する人からこうまで拒絶されて、どうやって近付けばいいというのだろう？

祥平が自分をこんな風に拒絶したことなど、これまで一度もなかったのだ。あの初めての幼い行為のときでさえ。

「……に…」

「祥平？　なんだ？　よく聞こえない…」

親指の爪を噛みながら、小さくなにかを呟いた祥平へ、匡は慌てて顔を寄せる。

だがその細い肩が小刻みに震え出しているのに気付いて、匡は激しいパニックに襲われた。

「祥？　祥……ごめんな？　さっきの、やっぱちょっと乱暴だったよな？　もしかして怖がらせちゃったか？　悪かった。……弱ったな。俺お前に泣かれるの、一番困る…」

触るなと言われたばかりなのも忘れ、おろおろしながら手を伸ばす。

今にも泣き出しそうな恋人の横顔に、匡は胸が締め付けられそうになるのを感じながら、その背をそっと撫で下ろした。何度も、優しく慰めるように。

「……くせに…」

「うん？」

「お、俺のことなんか、ほんとは……も、どうでもいいくせに…っ。……飽きたんなら、飽きたって正直に言えばいいだろ！　こんな……中途半端に、優しくしたりすんなっ」

言いながら、どんと胸を強く叩かれた。

「なに、言って……」

「それとも……同情してんのかよ…？　俺が落ち込んでて、かわいそ…だから、ちょっとくらいは、我慢して、抱いてやんなきゃとか思ってるわけ？」

――唖然とした。

こちらを睨み付けてくる瞳はこんなときでも美しく、匡をたまらなく虜《とりこ》にするのに、その唇から零れてくる言葉は理解不能なものばかりだ。

「あのな…祥。ふざけたことばっか言ってんなよ。俺がしたくて祥としてんのに、なんで我慢なんかしなきゃならないんだ？」

言いながら、その頬をペチリと叩く。

たとえ祥平本人であっても、許せなかった。

祥平は、匡にとって最愛の人だ。ただ一人、自分の中心で世界を回す人なのだ。

その彼がまるで自分自身などなんの価値もないみたいに、自分をけなす姿は見たくなかった。

だがその瞬間、こちらを見つめていた大きな瞳から、またもやぽろっと透明な雫が一粒、零れ落ちるのが見えた。

——な、泣かせてしまった…。

さぁっと血の気が引くのを感じる。

叩いたとはいえ、痛くはなかったはずだ。本当にこうペチリくらいで…。

ああでも、大きな瞳から綺麗な雫が零れ落ちるのを目にしてしまうと、今すぐそこに手をついて『本当に申し訳ありませんでした』と土下座したくなってくる……。

祥平の涙は、子供の頃から匡の最大の弱点なのだ。

「祥……あ、あのな？」

声をかけると、祥平がその両手を広げるのが見えた。

……あ、これは殴り返されるかもなと覚悟した次の瞬間、祥平は飛びつくような勢いで、匡の首筋にぎゅっと抱きついてきた。

「俺…やだっ。やっぱ、やだ…っ。…俺、……俺、匡と離れたくない…っ」

「え？」

「匡が……真生となんてヤだけど、本当はすっげぇヤだけど…っ。匡が……俺じゃ、もうつまんないって言うなら、我慢する。ちゃんと我慢するから……」

「ちょ、ちょっと待て」

祥平がなにを言ってるのか、まったく理解ができなかった。

我慢だとか、同情だとか。……果ては、真生のことまで。

っていうか、どうして今ここで真生が出てくるんだ？

昨夜、自分が不用意な発言をしてしまったからにしても、いきなり話が飛びすぎている。

「あのな。祥、それって…」

「匡…っ」

問いただそうとしたそのとき、ベッドの端に腰掛けていた匡は祥平にがむしゃらにしがみつかれて、がくっとバランスを崩した。

「うわっ！　ちょっ、祥……っ、おい待て。落ちる、落ち……っ！」

ズダーンと大きな物音を立てて、二人一緒にベッドから床へと滑り落ちてしまう。

二人分の体重を受けて、したたかに打ち付けられた背がズキズキと痛んだ。

「イタタ……っ。祥…おい、どっか打ってないか？」

「やだっ。匡っ、匡っ！」

その身体を引きはがして確認しようとした途端、匡の上に乗っていた祥平は悲鳴のような声を上げて匡にきつくしがみついてきた。

「祥……？　なぁ、どうしたんだよ？」

背を撫でてやっても、祥平はしがみつく手から力を抜こうとしない。

その必死な姿は、見ているだけで胸が掻きむしられてしまう。

「祥。大丈夫だから。俺は、ちゃんとここにいるだろ？」

根気よく背を撫で続けているうちに、ようやく祥平は泣き濡れていたその顔をのろのろと上げた。同時に腕の力が少しだけ緩むのを感じて、少しだけホッとする。

「祥？　……なぁ、なにがそんなに怖いんだ？」

祥平を脅かすものがあれば、匡はなにひとつ許したくないと思っている。

優しく尋ねると、祥平はしゃくり上げるようにしながら言葉を繋いだ。

「俺……お…れ……」

「ん？」

「俺…は、匡…。……匡が…怖い」

――はい？

「匡……のこと、考える…と、怖い……」

ええと……それでは俺は、自分で自分を成敗しなくちゃならんのか？　と一瞬、匡の思考が止まりかけたが、どうやらそういう意味ではないらしい。

「なんで怖いんだ？」

祥平が瞬きをするたび、濡れた瞳から新たな滴が零れ落ちる。

それを親指で拭ってやりながら、匡はじっと祥平の言葉の続きを待った。

「匡は……本当は、俺のことどう思ってる……んだろ、とか…」

そんなもの、超ミラクルスーパーウルトラ級に愛しているに決まっている。そりゃもう、骨の髄《ずい》まで。

「俺…バカだし。……飽きられて…しょうがなくて…。そんで俺……お…れ、どうし…よ。また匡に、捨てられるんだ……っ」

言いながら、祥平は自分のその想像に落ち込んだのか、匡の上で再びどっと涙を零しはじめた。

「いやあの、ちょっとだけ待ってくれ。つまり……祥平は俺のことが怖いんじゃなくて、俺に捨てられるのが怖いってことか？」

泣き濡れた小さな頭が、コクンと頷く。

「そっか…。それが怖かったのか……。……ん？」

ちょっと待て。――――誰が誰を、なんだって？

「ええと……捨てるっていうのは？　……もしかして、俺が祥を、ってことか？」

その言葉に、再び祥平の頭が縦に揺れるのを見て、匡は目の前が真っ白になった。

「んなこと、ありえるわけねーだろうがっ！」

「………っ」

心からの叫びに、祥平は一瞬、のけぞるようにして目を瞬かせた。

「あ…いや、スマン。怒鳴って悪い。でもな、ええと。……もしかしてだけどさ。祥は俺と、わ……別れたい、とか思ってたりするわけ？」

冗談ではない。

そんなのは考えることすら、冗談でもなかったが。

「わ……別れ……る、なん……て…っ」

プルプル首を振った祥平の両目からは、ポロポロと新しい涙が溢れ落ちていく。

「ああ、分かった。悪かった。聞くのも馬鹿らしかったな。でも……じゃあなんでだ？　俺が祥平を……うーん、この言い方もなんだけど、『捨てる』なんて思ったんだよ？」

それこそ匡にとっては、想像もできない話である。

「俺……バカだし。匡にめいわ…っくばっか、かけ……てるしっ。かわ…い…くねーし、ヘタクソだし…」

バカで可愛くないという低い自己評価はこの際、横に置いておくとして、『ヘタクソ』というのはいったい……？

「俺……っ、これからは、なんでもする。匡が言うなら、一人エッチもちゃんとするし、上乗るヤツもちゃんとする。……なんでもする…っ」

——なるほど…。

一瞬にして『ヘタクソ』の内訳がよく分かった気がして、匡は祥平の肩にそっと手を置いた。

「……分かった。祥、分かったから。ちょっと待ってくれ」

「セーラー服も着るし、学校ですんのも嫌がんないっ。た、匡がしたいなら、縛《しば》ってもいい…」

いや、待てと言っているのに。

「ええと、祥……。あのな？　頼むからそれ以上は……」

「してるとき、写真取っても、もう怒ったりしねーからっ」

「頼むから、待てと言ってるだろーがっ！」

これ以上、その顔でそーいうことをベラベラと口にしないで欲しい。

匡の一喝《いっかつ》で、祥平はようやくピタリと黙り込んだ。

打ちひしがれたような横顔に、匡はそっと溜め息を吐く。

「いや違うって。別に怒ってんじゃないから…」

祥平が口にしたのは、匡が過去に言ったり、させたりしたことのあるものばかりなのだ。

その言い出しっぺが、怒れるはずもなかった。

『祥が俺のこと考えながら、一人エッチするところが見てみたい』とねだったこともあるし、ぎりぎりまで煽っておいてから『欲しかったら自分で上に乗ってみて』とそそのかしたこともある。

文化祭で使ったセーラー服を頼み込んで祥平に着てもらったのも俺だし、自習時間に視聴覚室で映画を見ているとき、部屋が暗いのをいいことにエロイことをしまくったのもたしかに俺です…。

改めて振り返ると、自分でもろくなことしてないな……と、遠い目をしたくなった。

どうりで祥平からは『エロオヤジくさい』と罵られ、忍には『ほんと病気だね』と冷たい目で見られるわけである。

でも……仕方がないだろう。

だって可愛いものは、可愛いのだ。

本当はちょっとした意地悪も、祥平が真っ赤になって『ななんだよっ、それ！』とか怒る姿が見たくて、やっているようなものなのだ。

一人エッチのときだって『……ヤダ。匡がしてよ…』などと言いながら、真っ赤になって俯いた祥平のあまりの可愛さに鼻血を噴いただけだし、セーラー服のときだってそうだ。

本当の女の子よりもずっと可憐に仕上がった祥平を目にしたら、スカートの裾をめくることすらなんだかためらわれてしまい、結局はすぐに脱がせてしまったし、もちろん縛ったりなんて一度もしてない。いや……さっき縛ったか。そういえば。

……ともかく。ちょっとからかうだけのつもりが、イチャイチャしてるうちにノリでいっちゃうなんてよくある話だし、ましてや祥平とは三年越しのエッチ有りのお付き合いなのだ。ときには少しぐらいの変化があったとしても……いいと思うのだが。

とはいえ、それが匡に捨てられないための必要条件のように考えるのだけは、やめて欲しかった。

「祥平……いいよ。祥がそんなことしなくても、俺は祥を捨てたりなんてしないから。祥も、俺と別れる気はないいんだろ？」

匡の言葉に、祥平は何度も大きく頷いてみせる。

「じゃあちゃんと覚えとけよ。俺は、祥を絶対に捨てたりなんかしない。そんなことはありえない。もし祥が、俺と別れたいとか言っても離さない」

囁くと、祥平は今にもまた泣き出しそうに、くしゃりと顔を歪めた。

あの日、祥平に泣きながら『好きだ』と告げた恋心は、今も胸の中にある。

日々を重ねても、その想いは変わらなかった。それどころか、ますます気持ちは大きく、深くなるばかりだ。

「たす…く…。匡…っ」

「うん。俺は祥のものだから。ずっと…」

そこまで言われて、やっと安心したように祥平はその腕から力を抜いた。その身体を抱きしめ、自分と位置を入れ替えるようにしながら、祥平を床に押し倒す。

恋人の上に覆い被さりながら、やっぱりこっちの方がしっくりくるなと匡は笑った。

いつものように祥平がキスを求めてきて、その願いをすぐに叶えてやる。

舌を絡ませて、甘いそれを強く吸う。

愛しい人。愛しい身体。……迫りくるような胸の熱さ。

それを大事にしたいと改めてそう思う。初めて肌を重ねた、あの頃のように。

恋人が笑って自分の名を呼んでくれる。それだけがこの世で最も意味があるのだと、教えられなくとも互いによく知っていたから。


「……祥。ちょい…待った…」

唇を開いて奥まで深く含み直した途端、らしくもなく匡はうろたえながら、下腹をぶるっと震わせた。

それに構わず、祥平は熱心に匡の熱へと舌を這わせていく。

「祥…。もういいって……」

熱い溜め息が、匡の口から零れ落ちてくる。それが嬉しい。

「ヤダ…。もっとしたい……」

拗ねたように呟くと、匡は『う…』と小さく声を上げた。

いつもよりずっと余裕がないらしく、舌の動きに合わせて匡がくしゃりと祥平の髪をかき混ぜてくる。

「今日は、俺がする…。俺が……匡の、口でしたい」

いきなりそう言い出した祥平に、匡は驚きながらも反対はしなかった。

いつも恥ずかしがってばかりで、あまり自分からはしたことがなかったから、そううまくもないと思うのに。

それでも、祥平が口で奉仕してくれているという事実だけでも興奮するのか、匡のそこはひどく熱く、堅くなっていた。

小さな口いっぱいにくびれを辿り、血管の浮き出た太い幹も、濡れた先端にもちろちろと舌を這わせていく。

「……っ、…」

髪を撫でる匡の手に、再び力が籠もるのを感じながら、祥平はその行為に夢中になった。

されるときの気持ちよさはよく知っていたし、それを少しでも匡にも感じて欲しかった。匡の堅さや熱さ、全てを味わうようにして丁寧に舌を絡める。含み切れない部分は、指を使って奉仕もした。

口の中で匡がびくびくと震えるたび、ひどく気持ちがよかった。される側ばかりじゃなく、するほうも気持ちがいいのだということも、祥平は初めて知った気がした。

こんなに大きいのが、いつも俺の中に入ってきて、掻き回したり、深く突いたりしてるんだ……。

毎回、死んじゃいそうになるのも分かる。だが同時に、それが中に入ってきたときの、痺れるようなあの心地よさを思い出したら、それだけで奥のほうがきゅんとしてしまい、祥平はもじもじと腰を揺らした。

そんな自分の姿を、匡が頭上からじっと熱い眼差しで見下ろしてくるのを感じる。

「ん……、…ふ」

「……く…っ」

少しだけ息を吸い込もうとして、その弾みで強く先端を吸ってしまった。

ビクリとした匡の腰の動きに、歯が当たってしまう。

匡は慌てたように祥平の口からそれを外したが、間に合わず……祥平は頰から顎へと、熱い雫が滴るのを感じた。

「……っ。ああ…くそ。祥〜…ごめん……」

荒い息を吐きながら、匡が頭を抱えるようにしてがくっと項垂れる。

「ん…。へーき。別に咽せてない」

祥平は自分の顔へと飛び散った匡の精をすいっと手で拭うと、そのままぺろりと舐めとった。

「祥っ！」

これに匡は激しく面食らったようだった。慌てて脱ぎ捨ててあった自分のシャツを手繰《たぐ》り寄せ、祥平の顔をごしごしと拭ってくる。

「なんだよ。自分だって、いつも俺の飲むくせに……」

大人しく顔を拭かれながらも、小さくぼやく。

「俺はいいの。……んじゃ、交代な」

もっとしたいのにと拗ねる祥平に、匡は苦笑しながらその身体を抱き寄せ、ベッドの上にと引き上げてきた。

「これ以上、祥に頑張られたら、マジに手加減できなくなる」

「……しなくていいのに…」

手加減なんかして欲しくなかった。

「そう言ってても、途中でいっつももうヤダ、もうダメって泣くだろ?」

「……もう、絶対、言わねーし…」

ダメもイヤも言うつもりはない。匡がくれるものならなんでも欲しいと思っている。だが祥平の言葉を本気にしてはいないのか、匡は祥平の鼻を摘《つま》んで『んじゃ、今日は頑張ってもらおうかな』と笑った。

……あ。久し振り…だ。

目を細めた優しい笑い方。最近、ずっとご無沙汰《ぶさた》だったそれに、ぼうっと見惚れてしまう。

祥平はそんな自分にぶるりと首を振ると、匡の広い胸に身体を寄せ、その頬や肩、鎖骨にキスを繰り返した。手をそろそろと下半身まで伸ばしていき、一度軽く放出して、少しだけ力を失った匡自身にも触れていく。

そこは祥平の手に包まれるとすぐにグンと力を取り戻して、手に包み込むのも大変なぐらいの大きさになる。それに祥平はほっとしていた。

匡が、反応してくれるのが嬉しい…。

自分の拙い愛撫や口淫では、どこまで匡を気持ちよくさせられるのか不安だったけれど、この反応なら少しは楽しんでもらえているのだろうか……？

考えているうちに匡の唇が降りてきて、唇を重ねられる。ジンとする甘いキスを受け入れながら、祥平は懸命に手の中の匡を育てた。

「……っ、ん…んん」

お返しとばかりに、胸の先端を摘まれたり、親指でしつこくこねられたりしてしまうとすぐに息が上がってしまう。ヘタな自分の愛撫とは違い、慣れた指先はあっけなく祥平の身体をグズグズにし、腰を立たなくさせてしまうのだ。

キスを繰り返しながら、ずるずるとシーツに崩れ落ちたところで脚を開かされ、奥へと指が入り込んでくるのを感じた。

「ま…待って。……匡、俺…まだ…」

「んー…？　ほら、手がお留守になってるぞ？」

言われて、止まっていた指の動きを慌てて再開させる。

匡をもっと喜ばせたいのに。そんなにあちこち弄られたら集中できない。

しかも中は特に弱いのだ。知ってるくせに匡は濡らした指で、祥平の内側を探るのをやめようとしない。

「あ……っ、……っ、…ん…っ」

二本に増やした指先で、前立腺の膨らみをぐっと押される。その瞬間、祥平は目の前がチカチカして、それだけでイッてしまうかと思うぐらい感じた。

なぜか今日の匡は性急だった。いつもならもっと時間をかけてくるのに、祥平ののろのろとした手の動きに煽られているのか、早くもその入り口を開こうとしてくる。

決して乱暴な手つきではなかったけれど、焦れた様子で中の柔らかさを確かめられ、激しく指を抜き差しされた。

また、祥平の手が止まってしまう。

「…あ、待って」

すっかり元の堅さを取り戻した昂ぶりで、奥の入り口を突かれて、祥平ははっと息を飲んだ。

「匡…っ、まだ…待って、待っ……まだ、入れな…」

「なんでだ？　俺……もうずっとしたいっつーか、さっきから焦れてて、我慢の限界なんだけど？」

言いながら、わざと入り口に擦りつけるように腰を回されて、全身にカッと火がつく。

……俺だって、すぐ欲しいけど…。

「だ…って、匡にい、れ…られ…っと、俺……いつもすぐ、わけ、分かんなくなる…」

それじゃ結局なし崩しになってしまって、匡を喜ばせられない。

だからもう少し待って欲しいと涙目で見上げると、匡はなにかを堪えるようにぐっと目を細め、ふぅっと大きく息を吐き出した。

「……たくっ。止めたかったら、それ逆効果だっつーの」

「な、なに…なんで……っ」

言いながら足をM字に畳まれ、そのままぐいと先を入れられてしまった。

「あ…入る…、入っちゃう…」

慣れた身体は最初にほんの少しの違和感を感じだけで、一番えらの張った部分が収まると、あとはスムーズに入ってきてしまう。

久し振りの匡のアレが、さっきまで口にしていたあの大きなものが、自分の中をその形へと押し開いていく。

……ヤバイ。想像しただけでおかしくなりそう。

「わけ……分かんなく、なればいいだろ」

全てを祥平の中に収めていく匡の額にも、すでに汗が浮かんでいる。

「でも……今日、今日は…俺、俺がするって…っ」

「どうせサービスしてくれるつもりなら、祥がめろめろになって、わけ分かんなくなってるところのほうが見たい」

言いながら腰を揺すられる。

「あぁ…っ」

最奥《さいおう》までぴったりと入れられて、隙間もないほど匡のものにされてしまう。

今すぐ溺れていってしまいそうな意識をかき集め、祥平は自分の上にいる男を必死に見上げた。

「で…でも、それじゃ、匡…、匡が、つ…まんなく…ね…?」

一方的にされるばかりでは、匡が楽しめない。そんなのはもう嫌なのだ。

今までは、そんなことすら考えずにいた。与えられるものについていくのに精一杯で、そのとき相手が楽しんでいるかどうかまで考えられなかった。

だがそんな祥平の決意を削ぐように、匡はきょとんとした顔で首を振った。

「え？　いや、すげー楽しいけど…？」

「そ、…なら、いいけど…」

匡は祥平が乱れる姿を見ているだけでも、楽しいという。

それにホッとしたのもつかの間、匡は入れたままの状態でゆったりと腰を使いはじめた。

「ふ……」

まだ完全には馴染みきっていない祥平の狭いソコを、宥めては溶かすように、ゆっくりと出入りを繰り返す。

「もう、痛くないか…？」

「…ん…うん。……」

祥平の顔を覗き込んでくる匡は、久し振りで痛くはないか、苦しくないか、そんなことに気を使いながら、少しずつ腰を使ってくる。

その間、すっかり二人の間で立ち上がっていた祥平の前を撫でるのも忘れない。

「ん……っ」

親指でくすぐるように先端をあやされながら、キスをされる。

匡のキスは相変わらずすごく気持ちがよくて、ふっと溜め息を吐くと、また違った角度から唇を割られた。

繰り返されるキスの余韻で、祥平の内側まで熱く蕩けてきたのを感じたのだろう。匡の腰の動きがだんだんと早くなっていく。

中の深いところまで届くように、打ち付けられる。限界まで引き抜かれたそれが、もっと先を欲しがるように遠慮なく暴れはじめる。

その間も、尖った胸や、濡れそぼった性器を何度も匡の手に可愛がられ、祥平は爪先を震わせてシーツを掻き乱した。

「や…や、ごめ…俺、も、なんかもう…」

……どうしよう。もう、もたない。

匡はまだ動きはじめたばかりなのに。いつも自分ばかり我慢がきかなくて、先に何度も出してしまう。

「あ、あ…っ、俺……。俺、どうしよ…。一回…っ、一回抜…いて。匡。な…ぁ、抜いて……」

柔らかな髪を左右に振り乱しながら、慈悲を乞う。

そんな風に胸や前を弄られながら、腰を打ち付けられたらたまらない。何度もいいところを掠めていく昂ぶりが、祥平の我慢の限界をあっさりと奪っていってしまう。

「……そのおねだりは、却下な」

だが匡から返ってきたのはそんな無慈悲な答えで、祥平は『ひ…』と喉を震わせた。

前を扱かれながら、同じスピードで中を突かれる。限界まで大きくなった匡のそれが、祥平の内側から官能を高めていく。なのに匡はその手すらも止めてくれないのだ。

「あ…。ごめ……俺、…イッちゃ…。……やだ、出る…。そんな…したら、も、出るから…っ」

抜いてくれないなら、せめて前は触らないで欲しいと、シーツを蹴りながら懇願する。

上下に手を動かされるたび、くちゅくちゅと淫らな音を立てるそこは、もうとっくに限界に来ていた。

「いいよ。好きなときに、好きなだけいけばいいから」

「やだ…っ、いつも、俺ばっか……っ」

「ちゃんと俺もすげーイイから。……つーか、さっきからあんまり煽るなよ。俺のほうがマジでもたない…」

「………っ」

意地悪く、びっしょりと濡れそぼってきたその先端を、指の先で刺激される。

「……あ…あ、………っ！」

同時に深いところを強く突かれて、祥平は堪える間もなく、とろっと蜜を溢れさせていた。前と後ろの深すぎる快感に、あとからあとから溢れてくる熱い蜜が、匡の手のひらを濡らしていく。

……また…、先に……。

はぁはぁと息を繋ぎながら、目を閉じる。

自分は少し、こらえ性がなさすぎるのかもしれない。匡は以前、『祥は感じやすいんだよ』と笑っていたけれど、自分ばっかりこれでは不公平すぎる気がする。

「……ん…」

気合いを入れ直すと、祥平は息も整わぬうちから手をついて、その身を起こした。中に収まっていたはずの匡のものが、抜け出ていく感覚に、ぶるりと腰が震える。

「…祥?」

「俺……俺、が、次、乗るから。匡は…触んな…」

仰向《あおむ》けにした匡の身体を跨《また》ぐようにして、なんとか震える膝をつく。

今日に限って妙に積極的な祥平に、匡はしばしぽかんとしていたようだが、やがて『……マジか…』と言いながら自分のにやけた口元を、手のひらで隠した。

「……ん、ん…っあ、あぁ…っ」

手を使って位置を合わせ、ゆっくりと腰を落としていく。

先ほどまで祥平の中にいたそれは、もはやなんの抵抗もなく、スムーズに奥までぴったりと収まった。

自分の体重がかかっているせいか、いつもより深いところまで当たっている気がする。

それが少しだけ苦しくて、祥平はほうっと息を吐きながら、匡の首に縋り付く。

……中、いっぱい、入ってる…。

この身体の奥深いところまで、匡がいる。それだけのことが泣きたいくらい嬉しくて、祥平はするりとその頬を匡の肩口に擦りつけた。

しばらくじっとしたまま、体内にある匡を感じる。

そんな祥平の蕩けきった様子にたまらなくなったのか、ふいに匡が下から強く突き上げてきた。

「ああ……あっ……あっ……」

「祥平……っ」

匡の両脇に膝をつき、突き上げられる動きを手伝いながら自らも腰を揺する。

何度も何度も匡の形に広げられ、かき混ぜられて、匡でいっぱいになったそこが淫らに収縮しているのがわかる。きつく締め付けてしまう。

「匡…っ、匡…ぅ、あ。いい…ど、…しよ。いい…っ」

「これ、好きか?」

下から強い動きで激しく突かれて、おかしくなるほど感じた。

「…好きっ、好き……っ」

「中に入れたまま、弱く回されるのと……どっちがいい？」

「どっちも…っ、どっちも…好き。………っ」

しゃくり上げながら素直に答えると、匡はたまらぬ様子で激しく口付けてきた。

「祥…っ」

ああ、ヤバイ。このままだとまた……自分だけ…。

「……ん…、あ…や、深い、」

匡がうまいのがいけないんだ。キスも、愛撫も、コレも……。

いつも祥平はあっという間に追い上げられてしまって、気付けば自分ではもうどうしようもないくらい、乱れてしまう。

仕方なく、祥平は弾けそうになる自分の前を、手でぎゅっと押さえた。

「……祥？　なにしてるんだ？」

「や…俺、俺だけ、また…っ」

押さえてないと、すぐにでも溢れてしまいそうになっている。

匡が満足するまで、今日はちゃんと我慢したいのに。

「……くそ。なんで今日に限って、そんなエロ可愛いんだ…よ」

言いながら、匡はさらに腰の動きを加速させると、浅く深く下から突きまくってきた。

同時に堰き止めていた前を、祥平の手ごと弄られて、祥平はあまりの快感に身を捩って涙を零した。

「な…んで…っ」

向かい合ったまま、匡に手と手を繋ぎ止められる。

両方とも恋人繋ぎのように手を繋がれてしまっては、溢れそうな前を堰き止めることもできない。

「祥は、我慢なんかしなくて…いいから…」

「でも……でもっ」

「なんで？　続けてはきついか？」

尋ねながらも、匡は腰の動きを止めてくれようとしない。

「ま…だ。またすぐ、イ、イクの……ヤダ」

「なんで？」

「……まだ…終わりたくない…」

まだ、こうしていたいと啜り泣くと、匡は『そんなに簡単に、終わらせられるかよ』と苦笑を零した。

匡の腰の動きが複雑になる。

「あ、どうしよ…どうし…っ、や…それヤダ。そういう風に動くの、やだ…」

どちらも好きだと祥平が言ったからなのか、中を下から突かれたり、入れたままかき混ぜられたら、もはや祥平は我慢ができない。

前から、とろりとした白蜜が何度も溢れてしまう。

「たしか今日は、ヤダとダメは禁止だったよな？」

「ダ……、あ…嘘。あ、あ、中、中でいっちゃ…。またイッちゃ…う」

「……中でいくの、イヤか？」

「ヤ……じゃない…っけど、匡が、気持ち、いいのが…いい」

自分だけじゃ嫌だ。匡もよくなきゃ嫌だ。

そんな我が儘な欲求に、今にも腰が抜けそうな快感を必死に耐える。

「あのな……祥がイクときは、俺もすごいイイって知ってるか？　きゅうきゅう絞られるし、中がすごい絡みつくみたいに動くんだよな」

そんな淫らなことを耳に吹き込まれたら、もうダメだった。

匡が自分のそこで感じてくれる。そう思ったら祥平は深いところで、どろりとなにかが際限なく溢れ出すのを感じた。

「あ…あ……っ、……あぁっ！　ん……ぁ、あ…っ」

もう何度目かの放出だというのに、これが一番長かった。

びくんびくんと腰が揺れて、そのたび触られてもいない前から、少しずつ蜜が零れ落ちていってしまう。

戻れなくなりそうな快感だった。

匡は目に光を宿して、燃えるような視線で祥平のその痴態《ちたい》をじっと見つめている。

中を深く突かれて、腰をくねらせながら、前からだらだら蜜をまき散らしていく様をずっと見られている。そう思ったら、また軽くイッてしまいそうだった。

「………っ」

「…あ…」

そのとき中にいた匡が、ぶるりと震えるのが分かった。

ひきしまった下半身が何度か波打って、ぐったりとした祥平の中に熱いものが注がれるのを感じる。

匡は最後まで出し切るように、祥平の中をゆっくりと二、三度突いたあと、はぁぁと満足げな様子で熱い息を吐き出した。

「……ふう…。祥があんまりすごいから、持って行かれた…」

「……っ、…っ」

首筋のあたりで溜め息交じりに話されるだけで、感じてしまって仕方がない。

まだ中にいる匡をきゅっと締め付けてしまう自分の淫らさに、祥平は顔を赤くした。

どうしよう。また――欲しくなる。

「祥。なぁ……さっきのアレ、どういう風にやったんだ？」

「し、しらね…」

自分の身体のことなのに、自分自身よりも、きっと匡のほうがよく知っている。

というより、祥平は匡のやり方しか知らない。愛撫も、キスも。

……もっと前から、色々と勉強しておけばよかったのかもしれない。なにかしらの経験を積んでいれば、もう少し長く、匡を楽しませてあげられたのかもしれないのに。

とはいえ、自分が匡以外の誰かとこんなことするなんて、考えただけでも吐きそうだったが。

「あ、あのさ…」

「……ん？」

「その……匡も、…ちゃんと………よ、かった？」

これを聞くのはものすごく怖かったが、確かめておかないといけなかった。

じゃないとバカな自分は、すぐ現状に甘えてしまうから。

「ん。すげーよかった。よすぎて腰とアレが蕩けるかと思った。ほんとに祥は今日、どうしちゃったんだってくらいいつも以上にエロ可愛かったし…。途中で頭が沸騰《ふっとう》して、おかしくなるかと思った」

「そ…か」

心からホッとした。……よかった。

抱き飽きたはずの身体でも、匡が少しでも楽しんでくれたのなら、それでいい。

「祥は？　きつくなかったか？　続けてでちょっと無理させちゃったしな……」

「……ん。平気…」

ときどき意地悪なことをしたり、言ったりしても、基本的に匡はいつも優しい。

抱いているときも、祥平のことばかり気にしてくれる。

きっとこんなにも優しいから、匡は自分を捨てられないんだろう。

ずっと……この時間が続けばいいのに。

そう思ったら、なぜか鼻の奥がツンと痛んだ。

「なっ……祥？　ど、どうしたんだ？」

「……なにが？」

「俺、やっぱ強くしすぎたか？　……もしかして、どっか痛くしたのか。ちょっと見せてみろっ」

ひどく焦ったような声を出した匡は、繋いでいた身体を急いで外すと、その脚の間に触れてくる。それがなぜかわからず、祥平は不思議そうな顔をしてみせた。

「どして…？」

「どうして……って。だって、お前……」

「え…、あれ？」

祥平はそのとき初めて、自分の頬を伝う熱い雫に気がついた。

いつのまにか音もなく溢れていた涙は、頬を伝ってシーツへと吸い込まれていく。それを慌てて手で拭う。

……こんなの、みっともない。匡の目が心配そうに細められているのが分かる。

「平気。別に……どこも痛くないし。なんで……だろ」

匡から捨てないと約束してもらって。その手に抱かれて。ものすごく安心したばかりのはずなのに。

壊れた蛇口みたいに、涙が止まらなくなっている。

「祥……」

弱りきったような様子で、匡はそっと祥平の肩へと手を回すと、その胸に抱き寄せてきた。

そうしてまるで幼い子供を宥めるみたいに、ぽんぽんとその手で背を叩いては、頭を撫でてくれる。その優しい仕草に、祥平はほっと息を吐いた。

匡の腕はときに祥平をあんなにも熱く乱すけれど、いつもひどく安心感を与えてくれるのだ。子供の頃から、ずっとそうだった。

ふと、この腕をどうしても失いたくなくて、河原で泣いていたあの夜のことを思い出した。

——もう二度と、あんな思いはしたくない。

「……匡」

「うん。なんだ？」

「あの…さ。これからも……俺のとこにも、来てくれるよな？　たまにでもいいから……忘れないで…」

こんなおねだりする自分を恥じながらも、祥平は願いを込めて小さく呟いた。

もう、自分のプライドなんてどうだっていいと思う。誰かのついででもかまわない。……この腕をなくさないためならば。

だが祥平の背を何度も撫でてやりながら、そのささやかなお願いを聞いていた匡は、そのときピキリと固まった。


「ええと……その。聞いてもいいか？　なんで、俺のところに『も』なんだ？」

『も』に力を込めて、匡は尋ねた。

——なんだろう。

今、ものすごく心にひっかかる言葉を聞いたような気がする……。

さきほどまで、久し振りに祥平と激しく抱き合って。

今日の祥平は、頭がおかしくなりそうなくらい特別にエロ可愛くて。身も心もすごく満足したはずなのに。

そういえばセックスになだれ込む前、パニックに陥った祥平がなにやら色々と呟いていたような気が……。

「だって……さっき、匡、俺を捨てないって……」

『もう忘れちゃったのかよ？』と必死な顔をして、祥平は匡を見上げてくる。

「いや、それはちゃんと覚えてる。覚えてるっていうか……もともと祥平を捨てたりする気なんてないし。死んでも別れるつもりもないって言っただろ。そうじゃなくて…」

「なら、真生がいても……これまでどおり、俺のとこにも来てくれるんだろ…？」

祥平の目に、また新たな涙がぶわわっと盛り上がっている。

それに『おいおい～』と心の中でツッコミを入れながら、匡は頭を抱えた。

――どうやら二人の認識には、大きなズレがあるようだ。それも死ぬほど重要なポイントで。

「あ、あのな？　祥。もしよければ……なんでそこで真生が出てくるのか、聞いてもいいか？」

「だっ…て…。……匡は、真生の…が、好きなんだろ？　俺じゃ、もう…つまんないんだろ？だ、だから俺、それでもいいってさっきから言ってんじゃんかっ…！」

「…………は？」

言い切って祥平はぐっと唇を噛みしめたが、どうしてもこらえきれなかったのか、溢れ出した涙がその頬をぼろぼろと伝わり落ちた。

「もし匡が、真生にバレたら困るっていうなら、俺……バレないようにする。外ではベタベタとかしないし、無視してくれてもいい…っ。匡がうちにくるまで、大人しく待ってるから。だから……俺の、こと捨てんな…よっ。俺……俺、ちゃんとバレな…いっ、よ…にする…。頑張る…から……っ」

なにも言葉が出てこなかった。

……つまり、そういうことか。

この誰よりも愛しい恋人は、匡に向かって『二股《ふたまた》かけろ』と言っているのか。泣きながら。匡に捨てられるくらいなら、我慢するから。たまにでもいいから、自分のことも抱いてくれと。

よりにもよって祥平が、自分に向かってそんなことを言う日が来るなんて…。

脱力した。はあああ……と腹の底から、大きくて苦い溜め息が零れ落ちていく。

まさか……ここまで本気で浮気を疑われていたとは思いもしなかった。

というか知らぬ間に、祥平をこんなにも自分が追い詰めてしまっていたのかと思うと、なんだかもう、切ないを通り越して生きているのも申しわけなくなってくる。

だが今は自己嫌悪に、ゆっくりと陥っている場合ではない。

「祥……あのな。本気で俺が悪かった。昨日も、お前を傷つけるようなこと言っちゃったしな。それに関しては本当に謝るしかないよ。……でも、俺は真生を祥平みたいに好きなわけじゃないんだ。真生は本当に、俺にとってはただの後輩で……」

「じゃあ…っ、じゃあなんで、匡はあいつと寝たりしたんだよっ？　それも、もしかして遊びだったのかよ？」

――な、なんですと？

本日、すでに何度目になるか分からない衝撃の台詞を突きつけられ、頭の中が真っ白になる。

「ちょ、ちょっと待った！　ええっと……あのな。教えてくれるか？　……どこからどうして、そんな話になってるんだ…？」

自分の迂闊《うかつ》な言動のせいで祥平を傷つけたことは深く反省しているが、身に覚えのないことまで責められるのは、さすがに辛い。

ていうか、なんで俺が真生と寝たことになってるんだ？

「だって、真生が……言ってた。も……これからは隠さないって。匡は、優しい…からっ、俺には言いにくいだろうからって……。だから、俺……っ」

「……わかった。もういい」

しゃくり上げながら辛そうに再び目を潤ませはじめた祥平に、匡は『それ以上はもう言わなくていいから』と、その先を遮った。

——ようやく、全てが繋がった気がした。

祥平の怯えたような瞳のわけも。さっきから止まらないでいるその涙も。

分かったけれど、同時に困惑もしていた。

……なぜ真生は、そんな嘘をついたりしたのだろう？

もしや本気で略奪するつもりだったのだろうか。だとしても、やり方がフェアじゃない。

真生のことは素直で可愛い後輩だと思っている。なんといっても、祥平に似ているところがたまらない。

だが祥平に嘘までついて、こんなにも泣かせたとあれば話は別だ。祥平を傷つけるものは匡にとって、全てが敵になる。

とはいえともかく今は、その誤解を解いて、ハラハラと零れ続ける恋人の涙を止めるほうが先決だった。

「祥。ほんと……俺がバカだったよ。疑われる原因を作った俺が悪かったって知ってるけどな……でもそんな根も葉もない嘘を、そこまであっさり信じられると俺としてはさすがにちょっとショックだ…」

「……嘘って…」

泣き濡れた頬を指で拭ってやりながら、匡はふっと唇を歪めた。

「俺、祥としか寝たことないよ」

溜め息交じりに呟くと、祥平は『え…?』と目を瞬かせた。

「ガキの頃から、ずっと祥平一筋だっつーの。なのにそんなに簡単に疑われるなんて、俺は普段、いったいどれだけ浮気者と思われてんのかと……」

自業自得とはいえ、さすがにへこむわと額のあたりを押さえる。すると今度は祥平のほうが、慌てたように口を開いた。

「だ、だって……、いつも匡が言ってたんだろ。真生は、俺と違って、素直で可愛いって…」

「だから、それについては本当に俺が悪かったって。……なんつーか、祥が珍しく嫉妬してくれたのが嬉しくて、つい……」

正直に答えると、祥平は『はぁ?』とその顔を歪ませた。

……まぁ、そう言いたくなる気持ちはよく分かる。

「それに……それに、真生に、俺のカップ使わせてた!」

どうやら祥平の不満は、それだけではなかったらしい。

「……祥。あんな景品でもらったオマケ、いらないって言ってなかったか?」

「あれ、匡と俺のだったのに…」

そうか。そういうところでも自分は無神経だったのかと、今さらながらにして気が付く。

「うん。それもごめん。……他には？　もし言いたいこととかあったら、この際、ため込まずに全部言っちゃってくれ。頼むから」

祥平がなにも言えずにいたのは、きっと自分が忙しい、忙しいと、話をする時間すらろくに作らないでいたからだろう。その責任は重い。

匡の労るような優しい声に、祥平は膝の上でぎゅっと握りしめていた拳を、プルプルと震わせた。

「匡……俺に…俺に、帰れって言った。……真生のことは、家に上げてたのに…」

「ああ…それもか。……あのな。昨日、お前に帰れって言ったのは、祥にうちに来て欲しくないからじゃないよ」

自分のやることなすことが、こんなにも彼を傷つけていたと知って、匡は本気で地の底までへこんでいく。

「……嘘だ」

う……。そのジト目もやめてくれ。

責められているはずなのに、妙に可愛くてたまらなくなってくる。

「嘘じゃないって。なんつーか。……自分でもどっかおかしいってのは分かってるけどな。いまだに俺は祥といると、ときどきどうしようもなくなるんだよ」

そんな説明では伝わらなかったのか、祥平は『どういう意味だよ…？』とこちらを見上げてくる。

　それに匡はガリガリと頭を掻くと、はぁと息を吐き出した。

「お前が傍にいると、どうしたって我慢がきかなくなるのは知ってるだろ。……それで、この前もお前に『最近会ってもエッチばっかで、ヤリ目的かよ』って叱られただろうが」

「あ…れは……。俺も、つい言っちゃっただけで…」

「あの一言は、俺もかなりガツンときたんだ。いくら忙しくてもやっぱそればっかりっていうのはまずかったよなぁって、これでもすごい反省したんだよ。せめて、次のテストが落ち着くまでは大人しく我慢しようって。……なんかご機嫌取りみたいだけど、ノートとか作ってさ。……なのにお前ときたら、風呂上がりのいーい匂いさせて部屋にふらっとやってくるだろ？　しかも生足とか平気で出して。……そしたらどうしたって、食いたくなるじゃんか」

　情けないことこの上ない。

　だが祥平にこれ以上の誤解を与えてしまうくらいなら、我慢のきかないエロオヤジといつものように罵られたほうが、よっぽどマシだった。

　案の定、祥はそれまではらはらと零していた涙を止めて、ぽかんとこちらを見つめている。

「……そ、そう、なの？」

「そうなんだよ。……お前に関して言うなら、俺はいまだにみさかいのない、ケダモノだからな」

じゃれあいの延長のように、初めて触れ合った日からそろそろ三年。その間、お互いのホクロの数だってそらで言えるくらい寝たはずなのに。

それでも、いまだに祥平に関しては飢えの収まらない貪欲《どんよく》な自分に、ときどき本気で呆れてしまう。

忍や克実はそんな匡を見るたび、『病気だな』と呆れるが、まさしくそのとおりだ。恋の病だ。その名も『祥平病』だ。

呆れるなら、いっそ呆れればいいと思って全てを暴露すると、その途端、止まっていたはずの祥平の目から、ぶわわわーっとまた新たな涙が盛り上がってくるのが見えた。

「ちょ…、待った！」

——まさか、泣くほどか。

もしやそこまでドン引かれたのかと、焦る匡の前で、だが祥平はそのときぽつりと意外な一言を漏らした。

「……俺、匡は……もう、俺に…飽きたんだなって、……思ってた…」

「はあっ？」

なんだそれは。

あまりにトンチンカンな方向から出てきた言葉に、匡の方が眉を顰めてしまう。

「だ、だって……匡、最近、俺の前ではいっつも溜め息ばっか、吐いてた。ほ、他のヤツに

は優しく笑いかけたりするのに。……俺の前でだけ、あんま、笑わなくなった。……だから
そんなに、俺といいんのがつまんないのかよって…」

涙目のまま訴えられ、――匡は『うわあぁぁ』と叫び声を上げて、その場で頭を抱えたくなる。

これは……さすがに痛かった。

自分の愚かさを、まざまざと見せつけられた気分だ。

同時に、祥平が真生の嘘をすぐに信じたわけも分かった気がした。

ずっと大事にしているつもりでいて……本当はいつの間にか、自分はそんな風に祥平をないがしろにしていたのか。

その上で、さらに『あっちのほうが素直で可愛い』だなんて残酷な言葉で、何度も彼を傷つけた。

「そう…か…」

――それでか。

それでさっきも、震えるような目で何度も問いかけてきたのかと、今になってようやくそれを理解する。

『匡はいい?』だとか、『匡がいいのがいい』だとか。

『つまらなくない?』だとか、『ちゃんとよかった?』だとか。

抱かれている間、祥平はそんなことばかり、ずっと気にしていた。

自分のことより、匡をもっと喜ばせようとして…。

それもこれも、もう飽きられてしまったと、そう信じていたからか……。

「……っ」

心臓が、どくんと音を立ててきつく軋んだ。

もう、ぞうきん絞りなんてもんじゃない。まるで散弾銃で、至近距離から撃ちぬかれたみたいだ。

胸のあちこちに穴が空いたように痛くて、痛くて、なぜか手のひらまで痺れてくる。

どれだけの間、自分は無意識のまま祥平を傷つけていたんだろうか。その罪深さを、今さらながらに思い知る。

あまりの痛さに、うっかり泣きそうになってしまい、匡は慌てて手で口元を押さえた。

傷をつけたその張本人が、泣くなんて許される話じゃない。

匡は奥歯をきつく噛みしめて、痛みを無理やり飲み干すと、目の前にいる恋人をぎゅっと腕の中に抱きしめた。

「祥……ごめん。…ごめんな。………俺、気を許しすぎてたんだな…」

許しを乞うように、その柔らかな髪に口付ける。何度も繰り返し。

「自分でやるって決めたくせに、ずっと忙しすぎて、ろくに祥との時間もとれないし、外で優等生面して愛想笑いすんのにも、ほとほと疲れてたんだ。でも……そうだよな。悪かった。絶対に、祥といてつまらないからとかじゃないから」

祥平といるときはよそ行きじゃなくて、いつも素の顔になっていた。疲れたからといって笑顔も見せず。

それを彼が、どんな想いで見ていたのかも気付かずに。

「祥といるときだけ、安心してたんだよ。祥が隣で寝てるときは、よく眠れたしな…」

けれどその間ずっと、祥平は匡の隣でその胸を痛めてたのか。なにも言わず。

そういえば、いつしか祥平は子供の頃みたいにすぐに匡に甘えたり、不満を言ったりしなくなった。

代わりにただ黙って、寄り添うことを覚えた。

「そっか。俺のほうが……ずっと祥に、甘えてたんだな」

彼を甘やかしてやっているようでいて、本当はずっと祥平に甘えていたことに今頃気付かされる。

祥平がなにも言わず、匡の全てを許してくれるからと、それに甘えきっていた。

匡はたくさんの謝罪と慈しみを込めて額にそっとキスすると、匡を魅了してやまないその瞳と向き合った。

「俺がバカだったせいで、ずっと不安にさせててごめんな？　祥はもう自分のものだからなんて、いい気になってずっと甘えてきたけど。……これだけは分かって欲しい。俺にはさ、昔から祥だけなんだよ」

「……匡…」

真摯《しんし》な告白に、祥平の大きくて綺麗な瞳が、ゆらゆらと揺れている。

「匡は……今も、俺のこと、好きなの……？」

確かめるような言葉に、匡は大きく頷いた。

「ああ」

「……俺のことだけ…好きなの？」

「うん。すげーガキだった頃から、ずっと祥しか見てなかった。これからだってそうだよ。祥しか欲しくない」

それだけは今も、胸を張って言える。

意地っ張りなくせに、根はすぐ人を信じてしまう素直なところも。

自分が傷付いているときでさえ、相手に寄り添い、その心の全てを捧《ささ》げようとするところも。

そのどれもがたまらなく、愛おしかった。

「だから飽きるとか絶対ないから。っていうか、祥をこれだけ愛してるのに、飽きる暇なんてあると思うか？」

言い聞かせるように笑って、その額にもう一度口付ける。

祥平は匡のその笑顔に答えるように、自分も笑い返そうして、失敗したようにくしゃりと顔を歪めた。

さんざん泣き腫らして真っ赤になっていた目元から、また新たな雫が一粒、ぽろりと零れ落ちていく。

「祥……」

祥平の頬を両手で包み込み、零れた涙を拭ってやる。

その熱い雫に触れたとき、匡は自分がどれだけいたらなかったかを、深く思い知っていた。

「ああ。……俺が悪かったな。俺は忘れちゃいけなかったんだな」

まだ祥平がこの腕の中にいなかった頃、どんなに自分が祥平に恋焦がれていたのかを。

彼に触れることすら怖くて。信頼を裏切ってしまいそうな自分が、苦しくて。

いっそ壊してしまうくらいならと、血を吐く思いで告げたあの日の別れを。

好きだと告げて、祥平がそれを受け止めてくれたとき、どんなに自分が楽になれたかを。

変わりゆく季節の中で、いつのまにかそんな大事なことも見失っていた。

恋の始まりはどんなささやかなことでも大切で、キラキラと輝いて見えたのに。

いつのまにかキスしても、抱きしめても、それが当たり前のように思っていた。

だけど本当は、忘れちゃいけないのだ。

恋が始まった日、死にそうに幸福だと思った、あの胸の痛みを。

自分にとってただ一人の人が隣で笑って、自分を見つめてくれている。それがどれほど奇跡に近いことなのか。

――これはもう、真生がどうとか言ってる場合じゃないよな…。

恋が惰性《だせい》に変わったら、すぐに輝きを失っていく。

それを今回、強く思い知らされた。

「祥。好きだよ…」

囁くと、泣き顔の祥平が照れたように笑った。

「……うん。俺も好き」

三年前よりもずっと綺麗な、柔らかい笑顔で。

――穴ぼこだらけのようだった胸が、ジンと熱く満たされていくのを感じる。

祥平が泣きながら零した『匡が怖い』の意味が、今ならとてもよく分かる気がした。

匡だって、祥平が一番怖いのだ。この世の誰よりも。

自分の世界を回す人。失ったらそこで終わりだ。

だからこそ、改めて大切にしていきたいと、匡は誓うように祥平の額へそっと口付けた。

そうやって互いが互いを大事にすれば、きっと変わらずに輝き続けていくのだろう。

この奇跡のような、恋の時間が。

それら愛しき日々

「ん……、匡《たすく》。よせって。朝っぱらからんなことしてたら……遅れ…る、だろ？」

ドアの隙間《すきま》から漏《も》れてきた祥平《しょうへい》の甘く掠《かす》れた声に、忍《しのぶ》はちっと舌打ちした。

いつも朝が弱くてなかなか起きられない兄のところへ、奴を起こしになど行かせたのがそもそもの間違いだったのだ。

「だから遅れないよう、俺がこうして起こしに来たんだろ。その前にちゃんと挨拶《あいさつ》だけはしとかないとな？」

ムカッ腹が立つようなニヤけ声とゴソゴソという物音がして、祥平の息を飲む気配が伝わってくる。そのあたりで忍の我慢の糸はプツンと切れた。

――朝からいい度胸だな、匡。

忍にとって隣に住むこの幼馴染《おさなじ》みは、はっきり言って目障《めざわ》りな人物の最たるものにあたる。

瀬川《せがわ》匡と言えば、近所でも評判の優等生として有名である。顔よし頭よし運動神経よしで、県でも文武両道で有名な清秋《せいしゅう》高校のバスケ部で活躍する傍《かたわ》ら、現在は生徒会の副会長も務めている。

そのため近隣の女子高生達からの注目はすさまじく、さらに言うなら清秋高校は男子校であるにも関わらず、後輩や同年代はもちろん、ＯＢに至るまで隠れファンがいたりするらしい。

しかし忍から言わせてもらえば、どんなに見栄えがよかろうが、有名高校の生徒会に所属していようが、自分の最愛の兄である北上《きたがみ》祥平の隙をことごとくつけ狙っている、ホモの変態野郎でしかない。

「……バ…カ。どこにアイサツする気だよ…」

「そりゃもちろん、祥の大事なとこにもしとかないと……な？」

放っておけばどこまでも続きそうな甘ったるい空気をぶった切るように、忍はバンッと大きな音を立ててその扉を開いた。

「メシ。いらねーの？」

ただ起こすだけにしては、実に不自然なところにまで潜《もぐ》り込んでいた匡の手を慌てて振り払った祥平は、入り口に佇《たたず》む弟の姿にばっと起き上がった。

「し、忍！」

瞬時に首まで赤く染めた兄と、その上でゲッと顔色を青く変えた匡が、同時にその名を呼ぶ。

だが呼ばれた張本人は実にクールな眼差《まなざ》しのまま、固まった二人を見つめ返した。

「朝メシ。いるの、いらねーの？」

「い……いる。ちょうど、さっき起きたとこ。い……今のはちょっと、匡とふざけてただけで、別に変なコトとかしてないよ？」

気が強いわりに少々天然気味であるこの兄は、自分と匡との関係がとっくの昔に弟の忍にもバレているとは、つゆほどにも疑っていない。

だからこそ必死に誤魔化そうとするのだろうが、あわあわしながらいらないことまで言ったりするから、かえって墓穴を掘るのだということに気が付いていないらしい。

まぁ……そういう素直で抜けているところが、祥平のいいところでもあるのだが。

兄である自分が、幼馴染みのしかも男とデキているなどと知ったら、弟が悲しむかもしれないという配慮からなのかもしれないが、この兄が自分をうまく欺《あざむ》けるとは到底思えないし、第一、本気でバレたくないと思っているなら、せめて朝っぱらからイチャつくのだけはよして欲しい。自分の目の届く範囲内では、特に。

必死で言い訳を試みる祥平を前に、忍はこっそりと溜《た》め息をつく。

透き通るような白い頰《ほお》をバラ色に染め、零《こぼ》れそうな大きな目を伏せがちにしている祥平は、わが兄ながら激しく可愛《かわい》らしいと思う。

弟の自分ですらそう思うのだから、祥平の隣で鼻の下を1メートルくらい伸ばしている匡などは、自分の十倍くらいはそう思っていることだろう。実に腹の立つ話だが。

「いいから、早く顔を洗って、着替えておいでよ」

「…うん」

急かされてベッドから立ち上がった祥平が、少々前かがみになりながら慌ててトイレに駆け込んでいくと、その後ろ姿を未練たっぷりと眺めていた匡は、がっくりと肩を落とした。

——けっ。ざまーみろ。

心の中で毒づきながら、忍も鼻歌交じりに祥平の部屋をあとにする。

あの兄を自分から奪っていくのだから、これくらいの嫌がらせは軽いものだろう。ことあるごとに自分の隙を狙っては祥平を押し倒しているような男に、情けをかけるつもりなど全くなかった。

特に近頃の忍の忍耐値は、めっぽう低くなっているのだ。

それというのも先日、シアワセボケをかました匡が横恋慕してきた相手に隙を見せ、祥平を不安がらせたあげく、目が腫《は》れるほど大泣きさせるという不始末をしでかしたのだ。

はっきり言って、今度ばかりは堪忍袋《かんにんぶくろ》の緒が切れた。

もともと匡に甘い祥平は、そんな恋人の愚行を許してやり、いつの間にか二人は元の鞘《さや》へと収まったようだが、忍としてはまったく納得がいってない。

さらに言うなら、あれ以来『お前らは新婚さんか？』とツッコミたくなるほど、いつも以上に二人がベタベタしているのも気に入らなかった。

祥平を泣くほど落ち込ませたその張本人に、少しくらい反省をしてもらわなければ、忍の溜飲《りゅういん》が下がりそうにもない。

そんなわけで、忍はここ最近、匡が鼻の下を伸ばしている場面を見つけては、その鼻っ面を思いきり叩《たた》きつぶすことに専念している。

今朝もキスひとつ満足にさせてもらえず、未練がましい目で祥平を見つめていた匡の姿を思い返して、忍はふっと口の端を上げた。

せいぜい、次のチャンスでも狙っていればいい。

もちろんそんなチャンスは、端から叩きつぶしてやるつもりだったが。

……簡単に、許してなどやるものか。

胸の中でそう新たなる誓いを立てた忍は、ようやくリビングへとやってきた最愛の兄に向かって、『おはよう』とにっこり微笑《ほほえ》んだ。


「しかし何度見ても、怖いものがあるよな…」

高校へと向かう道すがら、ぶつぶつと呟《つぶや》いた匡の横顔に、祥平は『なにがだよ?』と首を傾《かし》げた。

「いやー…、あの忍にも笑える筋肉があるのかと思うとな…」

美形揃《ぞろ》いとして有名な北上家の中でも、穏やかな笑顔がよく似合う長男の雅春《まさはる》や、可憐《かれん》な容姿とくるくる変わる表情が魅力的な次男とは違い、三男の忍は愛想というものとは全くの無縁だった。

にこりともしない切れ上がった黒い瞳に、人をすぱすぱと切り付けるようなキツい口調。それが忍のクールな横顔をより際立たせている。

そんな彼が唯一にこやかに笑ってみせるのが、この兄である祥平の前だけなのだ。

子供の頃から隣に住む匡でさえ、忍の笑顔など数えるほどしか見たことがないし、今日のようにたまたま目にしたところでそれが現実のものとも思えないのは、やはり普段の彼の態度が大きくものを言っているのだろう。

「なに言ってんだよ。忍だって人間なんだから笑って当たり前だろ？　みんな誤解してんだよな。あいつはただ人見知りが激しいってだけで、本当はすごい可愛いんだぞ？」

「……そう言い切れるのが、祥のスゴイところだよ…」

あの忍を前にして『すごい可愛い』などと言えるのは、世界広しといえども祥平くらいだと思う。

人を見透かすような冷めた視線と、恨まれたらどこまでも根に持たれそうなキツイ性格。極めつけにどうしようもないほどのブラコンで、『祥平さえよければそれでいい』と言い切れる、偏った価値観のもとに生きている。……これに関しては、匡も決して負けてはいなかったが。

そんな忍が昔から敵対視しているのが、匡だった。

なにしろ匡は、彼の最愛の兄である祥平を、ちゃっかりといただいてしまっているのだから。

祥平はその可愛らしい顔立ちも、大きくてつぶらな瞳も、ぽてっとした柔らかな薄桃色の唇も、どれをとってもまったく匡好みにできている。

そんな可憐な外見を裏切るように、中身は芯《しん》の通った気の強い性格をしているのも、大変お気に入りだ。そのくせ根っこの部分は寂しがりやで、かなりの甘えたがりなのだから、匡がメロメロになるのは当然とも言えた。

近隣のどの少女よりも可愛らしいこの幼馴染みに、気が付けば匡は当然のごとく、恋をした。ありがたいことに、祥平もそんな自分を受け入れてくれ、互いに恋人と呼べるようになって早三年目。

何年一緒にいようと、匡の祥平への想《おも》いは変わらないどころか、日増しに募るばかりである。もはや祥平がいなければ夜も明けないといっていい。

『祥平病』とも言うこの想いが本物だと知っているからこそ、忍もしぶしぶながら二人の仲を認めてくれているのだろう。

だがその腹の中身が、実はこっそりコトコト煮え繰り返っているだろうことは、疑いようもなかった。

いくら黙認しているとはいっても、最愛の兄を一人占めしている匡に、忍が快《こころよ》い感情を持っているはずがない。

それどころか、この世で忍に一番恨まれているのはおそらく自分だろうなという、ありがたくもない確信まである。

さらには先日、匡は大きな失態をやらかしてしまった。

これについては、自分でも弁解の余地はないと思っている。

横恋慕されているとも気付かずにその相手を可愛がり、祥平を不安にさせて、死ぬほど泣かせた罪は重い。

そんな匡を忍が黙って許すはずがないというのも分かっていたが、こう顔を合わせるたびにチクチクとやられたのではたまらなかった。

「なぁ、匡。あのさ…」

思わず大きな溜め息をついてしまった匡に、祥平がつんつんと袖《そで》を引いて、じっと視線を当ててくる。

『ん？』と見つめ返すと、そのくるりとした綺麗な瞳が、なんだか少しだけゆらゆらと揺れているように見えて、匡はそれに一瞬、見惚《みと》れてしまった。

真生《まお》との一件以来、祥平は時折、少しだけ翳《かげ》りのある艶《つや》っぽい表情を見せるようになった。

その原因はやっぱり自分にあるのだろう。

誰よりもキラキラと輝いているはずの祥平が、こんな自信なさげな横顔をふいに覗《のぞ》かせるのは匡の前だけだ。それが匡には切なくもあり、愛《いと》おしくもある。

祥平にこんな顔をさせているのが自分だと思うと、なんとかしてその不安を取り除いてやりたい気持ちに駆られて、胸がきゅうきゅうと絞られる。だがその一方で、これは自分だけの特権なのだと思うと、高揚する気持ちも微《かす》かにあった。

自分だけが祥平を、こんな風に揺るがすことができるのだ。それはいい意味であっても、悪い意味であっても。

もちろんそれ以上に、自分も祥平のやることなすことに、激しく心を揺さぶられているわけなのだが。

「うん？　どうした？」

なにかを言いかけた祥平に向かって優しく笑いかける。だが祥平は一瞬、唇をきゅっと引き結ぶと、そのままふいと視線を逸《そ》らした。

「……別に。やっぱいいや」

「祥？」

別に……というような顔ではなかった気がする。なにかを言いかけてやめた祥平に、匡はひっかかりを覚え、その顔を覗き込んだ。

祥平は嘘《うそ》や隠しごとがそう上手いほうではない。それはもともと根がまっすぐなせいでもあるし、匡が子供の頃から祥平の我《わ》が儘《まま》や要求を、そのままなんでも受け入れてきたせいでもある。

だがここのところ、祥平は不満や我が儘をあまり口に出さなくなっていた。それが匡には少し寂しい。

少しは大人になったと言えば聞こえはいいが、そんなのは祥平らしくないし、先日のように言いたいことも言えないまま、一人で胸を痛ませるなんて悲しすぎる。

なにより自分の前では、どんな些細《ささい》な我が儘でも言ってほしかった。祥平を甘やかすことが、匡にとってはなによりも喜びなのだから。

「祥、なんだ？　もし言いたいことがあるなら……」

「おはようございます。匡さん」

だが突然、会話の先を柔らかな声によって遮《さえぎ》られてしまう。

見れば校門の入り口付近では、ちょっとした人だかりができていた。

……そうか。今日は生活検査の日だったか。

今月は自分の当番ではなかったため、すっかり忘れてしまっていたが、ときどき清秋高校では抜き打ちの検査が行われる。風紀委員と生徒会役員が一緒になって、制服のチェックや遅刻者の対応をするのだ。

監視役の腕章をつけた生徒の中から、一人が身を乗り出すようにして話し掛けてくるのに気付いて、祥平がビクリと肩を強張《こわば》らせた。

「今日もいいお天気ですね。匡さんは、今朝はバスケ部の朝練はなかったんですか？」

人を惑わすような柔らかな笑みを浮かべながら、しれっと話し掛けてきた人物に、匡は『ちっ』と心の中で舌打ちをする。

朝っぱらから、祥平の気分を害する相手には会わせたくなかったのに。

高嶺の花として有名な祥平と、よくできた副会長と評判の匡が二人揃っただけでなく、そこに真生までもが華やかな笑みを浮かべて立っているため、朝からいいものが見れたと喜んでいる生徒も少なくなさそうだ。

じろじろと集まる視線の中、真生は半歩下がって匡の陰に隠れた祥平を覗き込むようにして、にっこりと微笑んだ。

「祥ちゃんも、おはよう」

「あ…うん。……はよ」

衆人環視の中では、匡も祥平も自分を無視できないと読んでの行動なのだろう。

以前の匡ならそれににこやかな挨拶を返していたところだが、その本性を知った今では、とてもそんな気になれなかった。

祥平とよく似た面差しの真生は、高校入学当初からなにかと注目を浴びていた。

しかもその性格は真逆だ。気が強くて警戒心の強い野良猫みたいな祥平と、大人しくて人当たりのいい真生。

二人が揃うとまるで一対の絵のようだともてはやされ、気が付けば真生は入学してから間もないというのに、生徒会役員にまで推薦された。

匡も初めは、恋人によく似た後輩から懐かれれば悪い気はしなかった。

そこにきてあの変質者騒ぎだ。『最近、変な男につけ回されてるんです…』などと涙目で相談されれば無下にもできず、ときには真生を家まで送ってやったりもした。

まさかその裏で、真生が祥平に『匡と寝た』と嘘をついたり、わざと匡との仲の良さを見せつけたりしているとも知らず。

おかげで祥平からは心変わりを疑われ、忍を筆頭とした周囲からは、『この役立たずのニブチンが』と容赦《ようしゃ》なく罵倒《ばとう》され、さんざんな目にあったばかりだ。

その報復は今もチクチクと続けられているわけなのだが、あのときの祥平の悲しみを思えば、それぐらい甘んじて受けるしかないと匡も諦めている。

祥平一色に彩られた脳細胞に、他が入る余地などあるわけもない。絶対に心変わりはあり得ないからと、祥平にはその後丸一日掛けて、身も心もじっくりと蕩《とろ》けるほどに理解してもらった。

おかげで次の日、祥平は足腰が立たずに寝込んでしまった。それがまた忍の怒りに拍車をかけただろうことは、想像に難《かた》くない…。

ともかく真生は、今の祥平に近づけたくない相手であることは間違いがなかった。

とんでもない嘘がバレたあとでも、まるで何事もなかったかのような顔で、いけしゃーしゃーと話し掛けてくるぐらいだ。単純でまっすぐすぎる祥平が、太刀打《たちう》ちできるような相手とは思えなかった。

「あのさ、祥ちゃん。そのネクタイのままじゃここを通せないんだよね」

「え？　……あ」

締め付けられるのがあまり得意じゃない祥平は、気付けばすぐ襟元《えりもと》のネクタイを緩めてしまう。それを真生から笑顔で咎《とが》められて、祥平は喉《のど》に手をやった。

「それだと減点対象だよ。三年にもなるのに、まさかいまだにちゃんと結べないとか…」

「祥、ちょっとこれ持ってて。こっち向いて？」

クスリと笑う真生の言葉を途中で遮り、匡は自分のバッグを祥平に手渡した。そうして祥平の胸元からしゅっと音を立ててネクタイを引き抜くと、最初から綺麗に結び直していく。

「ちょ…と、匡さん！　なにして……」

「別に、ネクタイそのものを忘れてきたってわけじゃないんだし、ちゃんと結び直せば問題ないだろ」

そっけなく言い切り、苦しくない程度の位置で結び目を作り直してやると、シャツの襟元もついでに綺麗に整えていく。基本、匡に甘やかされることに慣れている祥平は、大人しくされるがままだ。

まるで深窓の姫君とその従者だ。目立つ二人のそんなやりとりに、あちこちから好奇の視線が集まってきていることに気付いていたが、匡は気にもせず、特上の笑みでにっこりと微笑んだ。

「きつくないか？」

「ん。サンキュ」

「……祥ちゃんってさ、ほんとそういうとこまだ子供みたいだよね。ネクタイぐらい自分で直せないの？」

揶揄《やゆ》の混じった真生の声に、祥平がさっと顔を赤らめるのが見えたが、匡はそれをさらりと無視すると、綺麗に仕上がった祥平の襟元をぽんと叩いた。

「じゃあこれで、もういいな」

祥平の腕を摑《つか》んで校門をくぐり抜ける。だが真生はそっけないその背中を、慌てて引きとめてきた。

「あのっ、匡さん。今日の放課後って、文化祭の打ち合わせがあるんでしたよね？」

匡が生徒会副会長という役職についている以上、同じ役員の真生を完全に遠ざけるのは難しい。

仕方なくそこで足を止めると、匡はおざなりに頷《うなず》いた。

「ああ。昼休みに一度役員だけで打ち合わせてから、放課後に各クラスの実行委員を招集することになってる。……あとの詳しいことは会長にでも聞いてくれ」

「いえ。サボってばかりの会長よりも、匡さんに聞いたほう方が確実ですから。みんなも一番頼りにしているんです」

そんなのははっきり言って迷惑だと、思わず吐き捨てたくなる衝動をぐっと堪《こら》える。いい加減、祥平をこの場から引き離したいのに。真生は勝手に会議の流れの確認まで始めてしまう。

そのとき匡の横からこっそり離れかけた祥平の腕を、匡はぱっと反射的に摑んだ。

「祥？」

「いや。俺、先に行ってようかと……」

話が長引くと感じてか、昇降口に向かおうとしたらしい。

匡はその腕を放さず、かわりに真生に向かって右手を上げた。

「今、こんなところで打ち合わせする必要はないだろ。昼休みに他の役員が揃ったところで、確認すればいいから」

「え……と、じゃあ。お昼休みに迎えに行きますね」

だが匡はそれをにべもなく断った。

「来なくていい。ガキじゃあるまいし、生徒会室くらい一人でも行ける」

「匡さん…」

感情の読めない声で告げられて、真生は一瞬、その目を見開いた。まさかこんなにすげなく断られるとは、思ってもみなかったのだろう。

「でも、お昼御飯とかはどうするんですか？　いつもどおり、役員のメンバーと一緒に食べるなら…」

「ああ。教室で食べてから行くから、先にそっちだけで始めててくれ」

冷淡な声でそう告げると、匡は恋人の腰に腕を回すようにして校門を後にする。

背後では真生が取り残されたようにぽつんと立ち尽くしていたが、もはや振り向く気にもならなかった。

「……いいのかよ？　役員会があるときは、いつも生徒会室でメシを食いながら会議してたんだろ？」

心配そうに声を潜《ひそ》めた祥平に、にっこり笑ってやる。

「いいさ。これまでさんざんこき使われてきたんだ。面倒くさかった予算編成も終わったことだし、夏休み前には俺ももう引退だしな。そろそろ下の奴らだけでまとめる練習をしてもらわないと。すぐに大学受験も始まるっていうのに、これ以上、祥と過ごす時間まで削られてたまるか」

これは匡のかなり本音の部分だ。

生徒会に所属した時から、それ相応の忙しさは覚悟の上だったが、なにかあるたび、有能すぎる副会長にみんなが頼りきりになってしまったのは誤算だった。単なる目立ちたがりで立候補してきた会長なんて、ほぼ名前だけの存在となっている。

生徒会での活動も評価も、ひいては将来、祥平と幸せに暮らすための布石としか思っていない匡にとって、これ以上祥平との時間を削ってすれ違うのは避けておきたい。

特に今はせっかくの蜜月期間なのだし、書類を手にメシを食うより、愛らしい恋人の顔を拝んでいたほうが、食も進むに決まっている。

「もし俺のせいで遠慮してんなら、別に気にしなくていいんだからな？」

だが祥平は匡の返事に、らしくもなく小さな声で呟いた。

かつての祥平だったなら、こんな発言はしなかったはずだ。

匡の前ではいつも甘えを隠さなかったし、匡が祥平優先で動いていなければ嫌だというように、不満を漏らしたりしていた。

そしてそれを自分もまた、はいはいと喜んで聞いてやったりしていのだ。

いつまでもそれでは祥平のためにはならなかっただろうし、これはこれでいいんだろうな……と思いつつも、なんだか手のかかる子供が自分の手から急に離れてしまったような、そんな寂しさも覚えてしまう。

「気にしなくていいんだよ。俺が祥といたいだけなんだから。それに俺がいないからって、克実《かつみ》にばっかり祥を独占されるのも気にいらない。……アイツ、なんだかんだ言いながらも祥にだけは甘いし、食べ物で釣ろうとしてくるしな。あの行動だけ見てると、あわよくば人の隙を狙ってるようにしか見えないんだよなぁ」

「……それ、克実が聞いたらまた怒ると思うぜ？」

匡の茶化したような物言いに、祥平は悪戯《いたずら》っぽい笑みを浮かべてクスクスと笑った。

やっと見せてくれたその笑顔に、匡のほうもホッとして目を細める。

やはり祥平は元気なほうがいい。笑いながらこちらを見つめてくる祥平は、とても可愛らしくて匡の心を優しくくすぐるのだ。

「それに克実は今、株だかFXだかに夢中だしな」

克実は可愛い女の子との恋愛よりも、金儲《かねもう》けと数独のが好きだという、年頃の男子にしてはちょっと変わった感覚の持ち主である。

だがそんな克実にとっても祥平の存在は特別らしく、なんだかんだと言いながら祥平の世話を焼いている。

人生で一番大事なのは金だと割り切っているくせに、祥平だけには時々プリンなどを奢《おご》ってやったりしている姿を見かければ、どうしても勘繰りたくもなるというものだ。

しかしそうツッコミを入れるたび、『お前みたいな病気持ちと、人を一緒にするな……』とげんなりした顔で嫌がられるのだが。

『お前ら二人が揃ってホモになろうと別にどうでもいいけどな、その痴話《ちわ》ゲンカに俺を巻き込むなよ』と苦々しく吐き捨てつつも、祥平と匡が揉《も》めているとさりげなくフォローなんかも入れてくれる、気のいい奴だった。

もちろん忍同様、匡が祥平に関してなにかドジを犯せば、容赦のない鉄槌《てっつい》を下されることにもなるのだが。

そういう意味でも本当に、祥平は皆から愛されていると思う。

子供の頃から、真生と比べられるたび『……どうせ俺のができが悪いですよ』と祥平は拗《す》ねていたが、それだって別に祥平を非難して出た言葉ではないはずだ。

悪戯好きで、毎日泥だらけで生き生きと走り回っていた祥平を見ながら、『ほんと顔だけなら真生君とよく似てるのにのねぇ』と呟いていた大人達の目は、どれもこれも微笑ましく細められていた。

高校の奴らだってそうだ。真生を見て『似てる、似てる』とみんなが騒ぎ立てたのは、元はと言えば祥平がそれだけ注目されていたからだ。

そうした事実に、祥平本人だけはまったく気付いていないようだったが。

そんなちょっと抜けたところのある恋人を、自分のせいでもう二度と傷つけることだけはしたくないと、匡は細い腰を抱き寄せる腕にぐっと力を込めた。

「……ばっかっ、学校ではサカるなっていつも言ってんだろ！」

途端に祥平の背中がビクリと跳《は》ねて、匡の手が慌てて振り払われる。どうやら祥平の弱いポイントに触れてしまったらしい。

耳を赤らめた祥平は、小声で匡をキッと睨み付けてきた。

決してそんなつもりではなかったのだが……、そこまで期待されたら否《いや》が応《おう》でも応《こた》えたくなるというものだ。

「悪い悪い。相変わらずいい腰つきしてるよなーと思ったら、ついな。特に、このあたりのラインとか……」

言いながら匡は、スルリと尻《しり》まで撫《な》で下ろす。

「……っ！　だから、そういうとこがオヤジくせぇって言ってんだよっ！」

とうとう顔まで真っ赤になった祥平は、再び匡の手を叩き落とすと、やや早足で昇降口へと駆け込んでいった。

匡も『痛いって』と笑いながら、そのあとを追いかけていく。

今の二人にとっては、こんなささやかな日常がとても幸せに感じられるのだった。


「すっげー、露骨だよな」

生徒会室の片隅に置かれたドリップ式のコーヒーメーカーは、何代か前の生徒会役員が持ち込んだものらしいが、古いながらもなかなか美味《おい》しいコーヒーが飲めると、今でも愛用されている。

生徒会役員でもないくせに、そのコーヒーメーカーを勝手に使用していた友人の呟きに、匡はふと顔を上げた。

「なにが？」

問いかけると、克実は落としたコーヒーをカップへと移しながら、肩を竦《すく》めた。

「お前だよ、お前。今朝の校門前でのアレ、わざとだろ？」

「さぁ、どうだろな」

そんなもの、当然わざとに決まっている。

匡が大会だ、生徒会の予算編成だと駆けずり回っている間、祥平からしばらく離れていたせいもあって、気付けばおかしな噂《うわさ》が立ちはじめていたのだ。

『二人の仲はこじれたらしい』だの、『副会長は祥平から、その従兄弟《いとこ》のほうに乗り換えたらしい』だの……。

おかげで祥平の周囲が、またもや少々うるさくなってきている。

祥平がフリーになったなら自分にもチャンスがあるのではとか、落ち込んでいる今なら入り込む隙があるんじゃないかなど、よからぬ考えを持った奴らがうろつき出したのだ。

ライバルにつけいる隙を与えるつもりはないし、おかしな芽は早々につぶしておくに限る。

これ以上、余計な気など持たせぬよう、しっかりと祥平との仲を見せつけておくのは当然の措置《そち》だった。

「それより祥は？　お前と一緒じゃないのか？」

「ああ、クラスで他のやつらとポーカーやってたぞ」

六限目が自習になったため、生徒会室で会議用の資料に目を通していた匡の元へとふらっとやってきた克実は、どうやら祥平をそのまま教室に一人で置いてきたらしい。

わずかに匡が渋い顔を見せると、克実はやれやれといった様子で首を振った。

「お前ねぇ。祥平だってもうガキじゃなんだから、少しくらいは自由にしてやれよ」

「別に束縛してるつもりはない」

克実は『どうだかな』と言いつつ、もう一つコーヒーの入ったカップを匡へ手渡してきた。

別に匡とて、祥平の行動を逐一見張っているわけではない。

ただ男子校という限られた場所の中ではどうしても潤いが欲しくなるのか、匡や克実が祥平から離れた途端、これ幸いとばかりに下心付きで祥平へ近寄ってくる人間が出てくるのが困りものだった。

特にこのところは、祥平がすっかり大人しくなったせいもあってか、プリンだアイスだのを手に、『買いすぎて余ったから』などと言って擦《す》り寄ってくるやつも増えた。

食い意地の張った祥平は、単純に『やり。ラッキー』と目を輝かせて喜んでいるが、匡としてはかなり複雑なところだ。

貢《みつ》ぎ物をしてまでも祥平の喜ぶ姿を拝みたいというアホな男が、この学校には多すぎるのだ。……もちろん、自分のことは思いきり棚上げだったが。

「お前がさ、そうやってしっかりガードし過ぎてなかなか手が届かないから、ますます祥平が高嶺の花みたいになっていくんだろ。たしかに下心の見え透いた奴も多いけど、どうせちょっと話して笑った顔が見られればそれで満足って奴のが多いんだし、少しは余裕を持って、おこぼれぐらい分けてやったらどうなんだよ？」

「人の恋人に下心を持って近づくような奴らに、祥の笑顔を分けてやる余裕なんて、これっぽっちもないね」

匡だって、なにも全てがダメだとは言ってない。

たとえ少々気が強くても、祥平は根がまっすぐで人に好かれる性格をしているし、ささやかな我が儘さえも可愛いと言わしめるだけの魅力もある。

ただ遊んだりするだけの友達ならクラスにもいるし、バドミントン部の仲間とはわいわいと楽しくやっているようだ。

問題なのは、友達の領域だけではすまなそうな奴らも多いことなのだ。

「あ、言っとくけど、それはお前に関しても同じだからな」

もしも下心があるようなら、祥平にはもう近寄らせないぞと言いきると、克実は激しく嫌そうな顔で目を細めた。

「だから、そういうくだらない妄想はよせっつーの。……ホントお前って、祥平のことになると冷静じゃなくなるよな。そういうところが露骨だっていうんだよ」

言いながら、生徒会室に置いてある古いソファにドカッと腰を下ろした克実は、『ああ、そういやさ…』とその唇に冷ややかな笑みを浮かべた。

「お前もだけど、……祥平のあの従兄弟君？　あれもかなり露骨っちゃー露骨だよな？　お前の前で祥平と張ろうっていうんだから、いい根性してるよ。あれだけ邪険にされてんのに、諦《あきら》めないってところがいっそ気持ちいいくらいだけどな」

ククと笑った克実に、匡は頭痛の種を思い出して、眉間《みけん》にくっきりと深い皺《しわ》を刻む。

迎えに来なくていいと言っておいたにもかかわらず、今日の昼休みも真生はちゃっかりと匡たちの前に現れた。

その上で『副会長がいないと始まらないってみんな待ってるんです』などと言われれば、徹底的に無視することもできなかった。

しかも、祥平のほうがそれを気にしてしまい、『他の役員が待ってんだろ？　ならさっさと行ってこいよ』と匡は教室から追い出されてしまった。『俺が引き止めてると思われるのが嫌なんだよっ』とまで言われてしまえば、大人しく従うしかなかったのだ。

だがしぶしぶ参加した会議は思うように進まず、結果、匡は今になってその尻拭《しりぬぐ》いをしているというわけだ。

「祥平の従兄弟なだけあって、たしかに顔はまぁまぁ整ってるし人気もあるんだろ？　なによりお前の好みにはピッタリだよな？　また優しくしてやる気はねーの？」

ニヤニヤする克実に、匡はただ肩を竦めた。

この手のイヤミは忍や克実からさんざん言われて、もはや慣れきってしまっている。

祥平に似ていたところで、祥平本人じゃなければ意味などない。そんなこと克実だってよく分かっているはずだ。

意地っ張りで不器用で。そのくせ寂しがりやでまっすぐな愛しい存在。

誰かが彼の代わりになれるとは、とても思えなかった。

「ないね」

真生が入学してきたばかりの頃は、たしかに力になってやりたいとも思った。

だが真生の気持ちを知った今となっては、ただ厄介《やっかい》なだけの存在であり、さらに言わせてもらえば祥平を傷つけたという時点で、もはや関わりたくもない相手だ。

つれない自分のことなど、さっさと見切りをつけてくれればいいのに、もはや意地になっているのか、真生はなぜかいまだに匡から離れていこうとしない。

「向こうもそれだけ必死なんだと思うぜ？　わざわざ祥平と一緒にいるときにお前に声をかけてくるあたり、よく分かってるよな。お前、祥平のいないところじゃ、かなりつれなくしてんだろ」

匡は答えなかったが、克実にはそれだけでも伝わったらしい。

「そのくせ祥平の前では、一応まだいい先輩ぶってんだもんな」

「……祥が気にするからな」

一度心を許した相手にとことん寄り添おうとする祥平は、たとえそれが自分のライバルであっても、つい気にかけてしまうような優しい一面がある。

今日だって、迎えにきた真生が匡に冷たくあしらわれて落ち込んでいるのを目にした途端、『いいからさっさと行けってば』と匡を叩き出したのだ。

そういうところも、どうしようもなく、不器用で可愛いのだが。

「ま。その気がないなら、いい加減はっきりさせてやったらどうなんだ?」

「別にあっちからなにも言われてないのに、なにを言えばいいんだ?」

いっそきっぱり振ってやれよと克実は言うが、告白もされていないのに、振るもなにもない。

生徒会では嫌でも顔を合わせてはいるが、それ以上に接触するつもりはないし、真生をこれ以上近づけさせるつもりもなかった。

「それに俺としては、これ以上ないくらいはっきりと態度に出しているつもりなんだけどな」

溜め息交じりに呟くと、『それもそうだな』と克実が笑った。

「しかしこの世には、男はもちろん、女だって他にもたくさんいるのになぁ。白坂《しらさか》もなんでまた御前なんかに惚《ほ》れたんだか。『祥平にしか興味ありません』って病気持ちなのは、見ても分かるだろうに」

「ほっとけ」

そんな残念そうな眼差しで、人を見るな。余計なお世話だ。

「でもな。ああいう、一途と思い込みを履き違えたようなタイプは、女でもかなり厄介だぞ？せいぜい気を付けろよ」

「……お前がそういうこと言うのは、なんか意外だ」

「ばーか。そういうのをさんざん見てきたから、恋愛沙汰だけはご免なんだろうが。金は女と違って、絶対に裏切らないぞ？」

飲み終えたコーヒーカップを流しに戻し、ヒラヒラと手をふって出ていく克実を、匡は不思議な思いでじっと見つめた。あの友人にも、もしかしたらそんな過去があったのだろうか。

「でもなんだかんだ言って、アイツも祥にだけは甘いよな…」

この話をするために、今日はわざわざ祥平を教室に置いてきたのだろう。

あれで本当に、祥平に対して邪《よこしま》な感情がまったくないのか……？

克実が聞いたら、『だからそれやめろ』とまた激しく嫌がられそうなことを考えながら、匡は淹《い》れてもらったコーヒーに口を付けた。

冷めかけたコーヒーは、ほんのりと苦い味がした。

「なんか暗いね」

「え？　あ……電気付けるか？」

忍の声にふと顔を上げた祥平は、玉葱《たまねぎ》の皮を剝《む》いていた手を休めて立ち上がった。

壁のスイッチを入れ、キッチンの蛍光灯がぱっと付いたところで、忍が大きく溜め息を吐く。

「そっちじゃなくて、兄貴のことだよ。さっきから気が付けば、溜め息ばっかついてるだろ。もしかして、学校でなんかあったわけ？」

忍の夕食の準備を手伝いながらも、知らず知らずのうちに溜め息が零《こぼ》れていたらしい。それを一つ年下の弟に指摘されるまで気付かずにいた祥平は、苦笑した。

「別に…」

「別にって顔してないけど？　……それともまた、アイツとケンカでもした？」

「アイツって、もしかして匡のことか？」

尋ねると、他に誰がいるんだという顔で肩を竦めながら、忍は再び手の中のジャガイモを剝きはじめた。

本日の夕食は、忍の特製スープカリーだ。ブイヨンから作るためシンプルな味ながら手がこんでいて、ほろほろになるまで煮込まれたチキンも含めて、すごく美味しい。

北上家には母がいない。奔放《ほんぽう》で自由人だった母親は、子供を産んでも自分ではろくに育てず、フラフラっといなくなることが多かった。そしていつの間にか、そのまま帰らなくなったのだ。

父は大学で講師をしている傍ら、研究職についており、研究中は大学に泊まり込むことも多い。そのため北上家の子供達は、小さな頃から自分たちのことは自分でするという生活を余儀なくされてきた。

料理上手の忍はほとんどのものをひととおり作れるし、祥平はおおざっぱながらも、家の掃除や洗濯を引き受けている。今は自立してこの家を出ている社会人の兄も、母に変わって長いこと、幼い弟達を育てながら家の中を切り盛りしていた。

この状況を特別に不幸だなんて思ったことはないが、部活にも入らず、友達と遊びもせず、毎日家族のために食事を作っている弟を見ると、少しだけ切なくなる。

忍本人は『部活も遊びもどうでもいいよ。兄貴以外のことに興味なんてないし』と笑って言うが、そう言わざるを得なかったのかもしれないなぁとも思う。匡は、『いやあれは絶対に本音だろ』と言うけれど。

幸いなことに、研究以外になにもできない父は子供達にはめっぽう優しかったし、面倒見のいい近所のおばさん達が入れ代わり立ち代わりやってきては、おかずの差し入れなんかもしてくれて、祥平たち兄弟はなに不自由なく成長してきた。

特に隣人の瀬川家の母は、自分の子である匡以上に祥平たち兄弟を可愛がってくれた。彼女曰《いわ》く、デキのいい息子はそつがなさすぎて、あまり可愛げがないんだそうな。

匡とそういう意味でできてしまったときは、さすがに良心が咎めたが、この気持ちばかりは止められそうもないのだから仕方ない。

もしいつか、彼女から二人の関係について叱られるようなことがあってとしても、匡の代わりに全てを甘んじて受け止めようと、祥平はそう思っている。

「別に、匡と今はケンカなんかしてねーよ？」

「……そう？　そのわりにここ最近、兄貴また学校から一人で帰って来てるよね。アイツはどうしてんの？」

「大会とか、色々あったからな。毎年予選敗退のうちの弱小部と違って、バスケ部は県ベスト8までいったし。それに匡いま、生徒会の引き継ぎとかでちょー忙しいみたいでさ」

「へー…。兄貴よりも、生徒会ね」

真生とのことがこじれて、祥平がらしくもなく大泣きをしてしまったとき、兄想いの忍はそれはそれはひどく心配してくれた。

そのせいで今も気にしてくれているのかもしれないなぁと思う。弟にまで心配をかけてしまうとは、自分でも情けない話だが。

でも本当に今は匡と揉めているとか、ないがしろにされているとか、そういうわけではないのだ。

むしろここ最近の二人の関係は、良好すぎるくらいだった。

真生との一件があって以来、匡は変わった。もともと自分に対して甘い男だと知ってはいたが、そこに輪を掛けて優しくなった気がする。ときに人目も気にせず祥平を甘やかしてくる匡を、くすぐったく思うほどだ。

今の祥平は、匡に愛されているとはっきり言える自信があった。

匡は恥ずかしいくらい一途で、それを隠そうともしないし、また祥平のことを一番に考えてくれているのが分かる。

昔ほどなにもかも一緒というわけにはいかなくても、離れていてもお互いを大事に思っていると信頼できるようになったのも、ある意味喜ばしいことだと思う。

そんなわけでここ最近、祥平が気にしているのは匡との関係ではない。

どちらかといえば、心に引っかかっているのはこれからのことだった。

――どうしたもんかなぁ…。

先日、担任から配られたまま鞄の中で眠っている進路調査票。その存在を思い出して、祥平はまたもや一つ、ふぅと溜め息を吐く。

大学進学か。就職か。それとも専門学校か。

父からは、『祥平のやりたいことは応援するから、好きに決めていいよ』と言われているけれど、正直に言えば将来のビジョンなどまだまったく見えていない。

自分がこれからどういう道に進みたいのか、なにをしていきたいのかも。

高校までは奇跡的に匡と一緒の学校に入れたけれど、大学はさすがにそういうわけにもいかないだろう。匡と自分とでは学力的にも離れているし、なにより匡は理系、自分は文系と好みの教科も別れている。

それにこれは、別に大学だけに限った話ではなかった。将来を見据《みす》えていけば、いずれは就職も含めて、色々な分かれ道がやってくる。

いつまでも二人一緒に仲良しこよしでは、やっていけないのが現実なのだ。

——匡は、どうするんだろ？

一度、その辺も含めてじっくりと聞いてみたいと思ってはいるものの、なかなか聞き出せていないのが現状だった。はっきりしたことを聞いてしまうのが、まだ怖かったというのもある。

というのもつい先日、職員室で教師達が『このまま行けば、瀬川なら京大も安定ですね』とほくほく顔で話しているのを耳にしてしまったからだ。

正直言って、ものすごいショックだった。そんな話は匡からまるっきり聞いてない。

京大って……よく知らねーけど、やっぱ京都にあるんだよな？

そんな遠くに行って欲しくなかったが、それを言うわけにはいかなかった。

匡のことだ。祥平がもし行くなと言えば、そのとおりにしてしまいそうな気がする。

そんなのは絶対にダメだった。自分の我が儘のせいで、匡の可能性をつぶすわけにはいかない。

それに、まだ自分自身のこともよく分からないのに。

これから十年後、二十年後も、匡と一緒にいられるためにどうすればいいのか。どうしていきたいのかを、自分もちゃんと考えないといけないだろう。

いつまでも甘やかされた子供のままでは、匡の足を引っ張るだけだ。

――でも俺って、なにができんのかな…？

ぐるぐると考えているうちに、結局は振り出しに戻ってきてしまう。

こんなに真剣に将来について考えたのなんて初めてだ。これまでいかに自分が甘やかされ、のほほんと生きてきたかを実感し、落ち込んでしまう。

再びはぁと大きく溜め息を吐くと、忍がなにか言いたげな眼差しでこちらをじっと見つめているのに気が付いて、祥平は慌てて手を振った。

「あ。ほんと、別にケンカとかじゃないから心配すんなって」

安心させるように笑いかけてみたものの、忍の視線から察するに、あまり信じてもらえてないらしい。

「あのさ……兄貴はどうせ隠し事なんかできないんだから、無理して腹にしまっとくより、なにか言いたいこととかあったら、さっさと吐き出しちゃった方がいいんじゃないの？　一人で抱え込んであとから自爆するより、よっぽど建設的だと思うけど？」

「お前ね…」

弟にそこまで言われてしまうと、兄としては立つ瀬がない。

けれど忍のほうが自分などよりよっぽど精神的に大人であることを知っている祥平は、その忠告をありがたく受け取ることにした。

「……ん。そうだよな。いつまでも一人でうじうじ悩んでたって、答えも出ないしな」

自分のことは、もちろんちゃんと自分で考えてみよう。

その上で、匡の話も怖がってばかりいないで、一度腹を割って詳しく聞いてみなければ。

今後、二人がどうしていけばいいのかも。まずはそこからだ。

「へへ。心配してくれて、ありがとな」

「いや。……でもあの男は、どうも懲《こ》りてないみたいだね…」

「え？　なにか言ったか？」

小さな呟きに祥平が首を傾げると、忍はなぜか楽しげにニヤと目を細めた。

「ん、なんでもない。こっちの話。ほら、それも貸して」

剝き終わった玉葱を受け取ると、忍は手早くそれを切り分けていく。

「兄貴さ。これ煮込んでる間、先にお風呂入ってきちゃったら？　それでご飯食べ終わったら、一緒に部屋でＤＶＤ見ようよ。この前の続き借りてきてあるから」

「え、わざわざ借りてきてくれたのかよ。うわー、サンキュー。さすが忍。あのあと主人公がどうなったか、超気になってたんだよな」

最近はまっている海外ドラマの続きを忍が借りてきてくれたと知って、祥平が喜びに目を輝かせると、忍はホッとしたように目を細めた。

そういえば……このところ、テーブルの上に並ぶものは祥平の好物ばかりだった。

きっと祥平が気落ちしているのに気付いて、忍なりに気遣ってくれていたのだろう。

……まったく、ほんとこんなに可愛い弟、他にいないよな。

自分の方こそ、弟からまったく同じように思われていることなど気付きもせず、祥平は鼻歌交じりにバスルームへと向かった。


「……ったく、あのお調子者の生徒会長め！　ちょっとぐらい真面目《まじめ》に仕事しろってんだ。曲がりなりにも生徒会長だろうが！」

不機嫌のオーラを背負ったまま、匡は生徒会室の一角で終わりの見えない資料を手に、ぶつぶつと呟いた。

ピリピリしたその雰囲気に恐れをなしてか、いつもなら数人は残っているはずの他の役員の姿も、今日はすでに一人も見えない。

同じようにとっとと先に帰ってしまったらしい役立たずの会長の分も含め、引き継ぎの資料はまだ山積みとなったままだ。

ここまでくると、よそ行きの優等生面もいい先輩像も投げ捨てて、匡も今すぐ帰ってしまいたくなる。

それだけでもイライラとしているのに、そこにきてアレだ。

打ち合わせで顔を合わせるたび、期待に満ちた眼差しでうるうると真生に見つめられることにも、いい加減うんざりとしていた。

いっそなにか言ってきてくれたら、思いきりビシッと振ってやれるのに。

「別に、名ばかりの生徒会長が仕事をしないのはいつもと同じだし、後輩達に迷惑をかけたくないお前が、結局全部一人でやっちゃうのも変わりねーだろ。なにをそんなにもイラついてんだか」

「うっさいぞ、克実！　お前もどうせここに来たならコーヒーばっかりタダ飲みしてないで、少しは手伝え！」

ぼやいた途端、大きな声で怒鳴り返されて、ヤブ蛇《へび》だったなと克実は肩を竦めた。

「ほんともー、ご機嫌斜めでやだねぇ。これだから欲求不満の男は……」

「…………っ」

ギリと唇を噛《か》んで押し黙ってしまった匡に、克実は『あれ？　もしかしてマジだったのか？』と楽しげに片眉《かたまゆ》を上げた。

――そうである。不機嫌の理由なら色々と思い浮かぶが、なによりも一番の不満の原因といえば、正直に言ってそこにあるのだ。

気が付けばここ数日、匡は祥平にまともに触れていなかった。

それどころか、それどころかっ！

「でもなんでだよ？　もう部活も引退したっつーのに、二人で会う時間もないのか？」

「……祥とは毎日、会うには会ってるさ。でもな……」

「でも？」

どんなに忙しくても、祥平と会う時間だけは捻出《ねんしゅつ》することにしている。

以前にも忙しかったとき、会えばどうしても祥平が欲しくなってしまい、ろくに話もせずにただ身体《からだ》だけを繋《つな》いでは、祥平を不安がらせてしまったことがあった。

二度と同じ轍《てつ》は踏むまいと、今はどんなに短くても時間を作り、その日あった出来事やささやかな会話を楽しむ時間も、大事にしているつもりだ。

だがやはり、そこはそれ。会ってただ話をするだけでなく、愛しい相手とはできれば熱くて甘い時間も共有したいと願うのが恋する男というものだろう。

だが。

「……邪魔がいるんだよ」

「ああ、忍か？」

ズバリその名前を出されて、匡は苦々しく唸《うな》った。

いいようにしてやられてばかりなのは癪《しゃく》に障るが、どうしてもあの弟にだけは、今のところ勝ち目がない。

「そんなの無視して、夜にでもこっそり祥平の部屋へ忍び込んじまえばいいだろ。これまでだって、ずっとそうしてたんだろうが」

克実の言うとおり、夜這《よば》いに行く時はいつも祥平の部屋の窓から訪問していた。だが今回ばかりは、どうしようもできない状況に陥《おちい》ってしまっているのだ。

「それでも……いるんだよ」

「は？」

「だから……アイツもいるの。その中に」

「……まさか忍のヤツ、祥平と一緒の部屋で寝起きしてんのか？」

笑いを堪えるような顔つきでニヤニヤと尋ねてきた克実に、匡はぶすっとしたまま訂正を入れた。

「違う。一緒のベッドの中で、だ」

「そ……そりゃ、また気の毒…にっ…」

とうとう堪えきれなくなったのか、克実はバンバン机を叩きながらその身体を捩《よじ》っている。

忍のブラコンぶりは克実もよく知るところだが、まさかそれだけ露骨な手段をとってくるとは、想像もしていなかったのだろう。

匡だって同じ気持ちだ。まさか忍がこの歳《とし》になってまで、兄のベッドに潜り込んでくるとは思ってもみなかった。

祥平は『この前、忍と一緒に見た海外ドラマが結構怖くてさ。あれから忍のやつ一人で寝たがらないんだよな。そういうとこ、なんだかんだ言ってまだ子供だよなー』などとまんざらでもなさそうに笑っていたが、それは絶対に違うと思う……。

さすがの匡も、忍がいると分かっている祥平のベッドに、堂々と潜り込んでいけるほどの勇気はなかった。

というより、忍が眠る隣でこっそり祥平になにかしようものなら、真っ先に寝首をかかれるのは目に見えている……。

「お前さ、またなんかやらかしたのか?」

「……心当たりなんかねーよ」

いや……言われてみれば、あるような、ないような。

いまだに肩を震わせている友人を、匡はぶすくれたまま睨み付けると、『ともかく』と先を続けた。

「俺は、今日こそ早く終わらせて家に帰るぞ」

「早く帰ったところで、どうせ忍も家に帰ってきてんだろ？　まさかお前、祥平を呼び出してホテルにでもつれ込む気か？」

「その手があったか……」

剣呑《けんのん》な目つきで真剣に悩みはじめた友人に、克実は『オイオイ……犯罪者にだけはなるなよ？』と眉根を寄せた。

そこへ静かなノックが響く。

「はい？　……あれっ。祥？　どうしたんだ？」

噂をすれば影なのか、それとも以心伝心か。

目の中に入れても痛くないほど可愛い恋人が、見ればドアの隙間からひょこりと顔を覗かせているではないか。

もしや自分に会いに来てくれたのかと思うと、自然と頰が緩んでしまう。

「あの……克実は？　来てる？」

だがおいでおいでと手招きしかけた匡は、祥平がおずおずと口にしたセリフに、頰をピクりと引きつらせた。

「ああ、今なら平気だから入ってこいよ」

克実が顎《あご》でソファを示すと、祥平は『えへへ』と笑ってその身体をドアの内側へ滑り込ませてくる。

「祥平もコーヒー飲むか？　ミルクと砂糖入りだったよな」

「うん。ミルクたっぷりね」

克実はもはや自分の私物のようにコーヒーメーカーを勝手に使って、祥平に新たなコーヒーを淹れてやっている。そんな二人を横目で眺めながら、匡は苦い溜め息を吐き出した。

……なんだよ。克実がいるから覗きにきたのか。

真生がいるせいか、祥平は普段、滅多にこの生徒会室へはやってこない。

部外者だと遠慮しているのかもしれないが、同じ部外者の克実はちゃっかり喫茶店代わりに利用しているのだから、祥平が同じように入り浸ったとしても誰も文句は言わないだろう。

それどころか、もろ手を上げて歓迎されそうだ。仕事嫌いな会長をはじめ、他の役員からも『たまには連れて来ればいいのに』と愚痴《ぐち》られたこともある。

祥平は鑑賞物じゃないぞと思って、匡もこれまでは無理に誘ったりはしてこなかったのだが、克実がいるときだけやって来るとはどういうことだ？

さらに自分を無視して、二人で和気藹々《わきあいあい》とコーヒーなど飲み出したのも気に入らない。

目の前で恋人が忙しそうに仕事しているのだから、一言ぐらいなにかあってもよさそうじゃないか？

「あの、匡も引き継ぎとか、ほんと忙しくて大変だよな？」

「おかげさまでね」

おずおずながらようやく言葉をかけてきた祥平に、ついそっけない声で返してしまう。

「え……。そ…んな、忙しいんだ？」

「見れば分かるだろ」

他意はないと知りつつも、『俺のほうが克実のおまけなのかよ』と思うと激しく苛立《いらだ》つ。

克実からかいがいしく世話を焼いてもらっている祥平の姿も見たくなくて、匡は目の前にあるやりかけの書類に目を落とした。

それきり黙ってしまった祥平に、さすがにちょっとつれなくしすぎたかと思いながらチロリと視線を上げると、祥平はなんとも言えない捨てられた子犬のような目をして、こちらをじっと見ていた。

――うっ……。まずい。

「祥…」

「俺……帰る。ごめん…。忙しいのに邪魔しにきて……」

それに電光石火の勢いで立ち上がった匡は、慌てたように祥平の傍《そば》へと駆け寄っていった。

……バカか俺は。祥平にまた、あんな顔をさせるなんて。

本当に、アホで懲りてないとしか言いようがない。

「悪かった。祥……おい、まだ帰るなよ」

「いいよ、匡は仕事してろよ。忙しいのに邪魔して悪かったな」

振りきって部屋から出て行こうとする祥平を、逃がさないように捕まえる。

ここで逃がしてしまったら、それこそ前回の二の舞だ。

思わぬ力で手を引かれた祥平は、ますます意固地になったように、匡の腕を振りほどこうとしてもがいた。

「離せよっ！　もう帰んだから！　匡なんか、ずーっと一人で仕事してりゃいいんだ！」

バランスが崩《くず》れ、思わず床に倒れ込みそうになる。

じたばたと暴れる腕をひとつにまとめると、匡はその細い腰をギュッと引き寄せた。

久しぶりに腕の中へと収まった祥平は、相変らずほっそりとしていて、こんな時でさえ思わずクラリとさせられてしまいそうになる。

「ダメだ。克実と一緒に帰るのなんて、許さないからな」

「そんなのどうしようと俺の勝手だろ！　離せってば！」

「なに言ってんだよ。祥は、俺のだろ！　俺の！　他の奴らにばっかり自由にされてたまるか！」

「……っ、別に、他の誰にも自由になんかされてねーよっ」

「嘘つけ！　最近ずっと、他の男と寝てるくせに」

「ほ、他の男って、忍は弟だろーがっ！」

自分で思っていた以上に、鬱積《うっせき》が溜まっていたらしい。

激しく言い合いながら、もつれあう二人の姿をしばらく呆気《あっけ》にとられて見ていた克実は、

『バッカらし…』と呟くと、すっと立ち上がった。

そうして傍に積んであった学校案内をおもむろに摑むと、それを匡にむかって容赦なく振り下ろす。

「人を無視して、イチャついてんじゃねぇっつの」

ゆうに十センチ以上はある分厚い冊子は、バシッと大きな音を響かせて、匡の後頭部に綺麗に直撃した。

「………ってぇ！」

「匡っ？」

突然がくっと倒れ込んだ匡の身体を、祥平が慌てて支えてくれる。

匡の頭を大事そうに抱え込むと、祥平はキッと克実を睨《にら》み上げた。

「克実！　お前匡になにすんだよ！」

せっかく窮地から救ってやったというのに、友人から睨まれる羽目になった克実は、疲れ

た様子で冊子をポンと放り投げた。

「バーカ。俺のほうが口実だって、ちょっと考えりゃすぐわかるだろうがよ。このサル頭。答辞を読む能力ってのは、祥平に関してだけは、まったく使えねぇらしいな」

克実はこきこきと首を鳴らすと、祥平の腕の中で大事そうに抱きかかえられている匡を、心底呆れたような眼差しで見つめてきた。

「あの従兄弟が中にいるかもしれないし、お前の仕事の邪魔にもなるかもしれないから、先に行って様子を見てきて欲しいなんて祥平に頼まれでもしなきゃ、この俺が放課後にわざわざこんなところまで来るわけねーだろ。……ったく、忍の気持ちが今、本気で分かりかけたぜ。……この俺を使いっ走りにしてくれた貸しは重いからな。二人して覚悟しとけよ?」

言いたいことを言ったあと、『ほんと、やってらんねぇ』とぼやいた克実は、そのままさっさと生徒会室をあとにした。


労《いたわ》るようにそっと後頭部へ触れてきた指先に、匡は小さくほっと息を吐いた。

「まだ痛むのか?」

「いや……衝撃はあったけど、もともと角でやられたってわけじゃなかったし。そんなに痛くもなかったしな…」

一応、克実なりに手加減はしてくれたらしい。

二人きり残された生徒会室の中で、心配そうにこちらを見つめてくる祥平の身体を、匡はそのままきゅっと抱き寄せた。

その途端、ハッとしたように祥平が身体を離しかける。

「離せよ…。まだ仕事、あんだろ」

どうやら、直前までケンカしていたことを思い出したらしい。桜色の唇が、拗ねたように尖《とが》っている。

「まだいろよ」

「離せってば。匡は、生徒会の仕事でもなんでもしてりゃーいいだろ…」

「だから、本当に今のは俺が悪かったって。スマン。……俺に会いに来てくれたのかーと思って喜んでたら、お前が開口一番、克実に会いに来たみたいに言うからショックだったんだよ」

祥平の腰へ腕を回したまま、久しぶりの香りを胸一杯に吸い込む。たったそれだけで、先ほどまでのイライラとしていた気分が嘘のように消えていくのが分かる。

まるで安定剤だ。祥平はそこにいるだけで、こうして自分の気持ちを軽くしてくれるのだ。

「それに克実のやつも、わざと見せつけるみたいにお前とイチャつくもんだから、ついイラっとして……」

「それさ、克実が聞いてたらまた怒るぜ？」

「お、ようやく笑ったな？」

クスクスと小さな笑みを漏らした祥平に、匡もつられて口元を緩める。

祥平がそうやって笑うと、可憐な横顔がよりキラキラと輝いて見える。

それだけでなんだかもう幸せな気持ちが溢《あふ》れてきて、匡はよいしょと立ち上がると、傍にあった古ぼけたソファに腰を下ろした。

散らばっていた書類をどかしてスペースを作り、祥平を手招きする。

「おいで」

仲直りの合図だ。

「…うん」

両腕を優しく広げた匡に、祥平は少し頬を赤らめながらも大人しく頷いた。

ギシリとソファが二人分の重みを受けて、軋《きし》むような音を立てる。祥平は匡の首にしがみつくようにして、素直にその膝《ひざ》の上に腰を下ろしてきた。

互いの身体が密着する。ほんのりと伝わってくる温もりが、ひどく心地よい。

大人しく凭《もた》れかかってくる祥平の肩に顎を乗せ、匡はゆっくりとした波を作るように身体を揺らした。

祥平とこんなにも穏やかな時間を持つのも、久しぶりだ。

毎日顔を合わせているとはいえ、家では忍の監視下に置かれているし、学校ではさすがにここまでべったりできない。本当はできればこのまま、その服をつるりとゆで卵のように剝いてしまいたいところだったが、祥平は学校でのそうした行為をひどく嫌がるのだ。

以前、キスしているうちに盛り上がってどうにも収まらなくなり、うまく保健室に連れ込んで最後までいたしてしまったときなどは、そのあとしばらく口をきいてもらえなかった。着替えもないし、中で出されると処理に困るからと言われたので、その後の処理もきっちりとしてやったのだが、それがかえって祥平の怒りと羞恥《しゅうち》を煽《あお》ったらしい。

以来、学校ではなるべく控えることにしている。

まぁ要は、最後までしなければいいのだろうと勝手に決めつけて、けっこう際どいラインまでなら何度かしているのだが。

だがまたここで強引にコトに及んで、『ちょっと暇ができるたび、ヤることしか考えてない』などと祥平に勘違いされるのも困るので、匡は押し倒したくなる気持ちをグッと堪えた。

――でも、ダメなんだよなぁ…。

祥平に少しでも会えないとたまらなくなるし、会ってしまえば触れたくなる。

そして触れてしまえば、当然、抱きたくなるのだ。

自分でもまずいと分かっているのだが、いまだに全くセーブがきかない。

ほんと自分のほうがいつまで経っても、大きなガキみたいだ。

「あの……さ。匡…」

「ん、どうした？」

かけられた声にその顔を覗き込む。だが祥平は、自分の爪を指先で弾きながら再び言い淀んでしまった。

「なんだよ。なにか気になることがあるんじゃないのか？」

その背をポンポンと叩いて、言葉の先を促してやる。

この間から祥平がときどきなにかを言いたそうにしていることには、気付いていたのだ。

だが祥平はチラリと視線を上げたあと、しばらく迷った様子で、やはりふいと視線を膝に落としてしまった。

——なにがそんなに聞きにくいのだろう？

そんな姿を見れば、匡としては気が気ではない。いくら自分の前でだけ見せる弱気な姿とは言っても、やはり祥平にはいつも幸せそうに笑っていて欲しいのだ。

誰よりも、輝くような笑顔で。

「祥？」

優しく髪を撫でてやると、祥平は一瞬、泣き出すような顔をして見せた。

「匡は、さ……」

「ん？」

「大学……どこにするとか、もう決めてあんの？」

「ああ……なんだ。その話か。まだ確定ではないけど、一応色々と考えてはいるよ」

突然出てきた話題に目を瞬《またた》かせる。まさかテスト嫌いな祥平のほうから、そんな話を振られるとは思ってもみなかった。

これでも一応、受験生だ。大会が終わって部活の引退も決まったし、生徒会も引き継ぎさえ終われば、その後は完全に受験態勢に入るつもりで、すでに下準備も始めている。

――けどそれって、そんなに聞くのがためらわれるような話か？

「そっか…。……やっぱ、もう……考えてんだ…」

だが祥平は匡のその答えに、なぜか激しくショックを受けた様子で、がっくりと肩を落とした。

「祥？　どうしたんだ？」

「……それってやっぱ、受かったら、あっちで一人暮らしとか……すんの？」

「いや、しないけど？」

「じゃあ……寮に入るつもりとか？」

なんだろう。話の先が見えてこない。

「いや、普通に自宅から通うつもりだけど……」

「え？　京都まで、毎日通うつもりなのかよ？」

――京都？

どこから出てきたのか分からない地名に、頭の中にクエスチョンマークが飛び回る。

「ちょっと待て。……京都って、なんの話だ?」

「だって匡、京大を狙ってるんじゃねーの……?」

「──は？　なんだそれ。そんな話、考えたことすらもないんだけど……」

どういうことだと祥平の話を詳しく聞いてみると、どうやら学年主任と進路指導の教師が、揃ってそのような話をしていたらしいと分かった。

そういえば以前、『お前ならこのまま頑張れば、京大の理系も狙えるかもしれないぞ』とかそんな話を振られたような気がする……。

学校側にすれば、生徒が少しでも名のある大学に行ってくれれば評判が上がるとの考えなのかもしれないが、関東からそんな遠いところに行く気はさらさらない。あっさり『ないですね』と答えて、それで終わった話のはずだった。

説明すると、祥平は匡の膝の上で頭を抱えた。

「なんだよ、それ……。すっげー紛らわしい…」

どうやら祥平がここ最近、ずっと気にしていたのはそのことだったらしい。

祥平には申し訳ないが、自分と離れるのが嫌でそんなにも思い悩んでいたのかと思うと、

『俺ってほんと、一生懸命愛されてるよなぁ』と思わずニヤニヤしてきてしまう。

「祥こそ、遠くに進学する気はないんだろ？　おじさん、今もほとんど家に帰ってこないもんな。だとすると忍が一人になっちまうし。俺も、家から通える範囲で大学は決めたいと思ってるよ。あまり通学にばかり時間がかかると、バイトもできなくなるしな」

「……そんな理由で、決めちゃっていいのかよ？」

「え、大事なことだろ？　うちも俺が出ていけばお袋一人になるんだし、一人暮らしなんかすれば色々とお金もかかるしな。将来的には家を出るにしても、今はまだ地元を離れる気はないよ。都内ならうちからも通える圏内だけど、一番の理想は地元の国立大を検討中かな。あそこなら自転車でも通えるし、面白そうな学部もあるんだよな」

もし家を出るとしたら、そのときは祥平と一緒がいいに決まっている。

だが今はまだそのときではないだろう。親から一人暮らしの資金まで出してもらうのは気が引けるし、なんといっても瀬川家は母子家庭だ。

大学へ通うのなら母にはこれ以上の負担をかけず、ちゃんとバイトもして、少しでも学費の足しにしたいと思っている。

「……そっか。匡はやっぱいろいろ考えてんだな。なんか、俺だけ置いてかれたみたいだ…」

祥平はそれにまたちょっぴりと落ち込んだようだったが、匡から見ればすごい進歩だとも思う。祥平が自分から将来のことを、真剣に考えはじめているのだから。

「そんなことないだろ」

「だって俺、まだなんにも決められてないし。でも匡とは離れたくねーし。……このままじゃ匡の足を引っ張るだけになりそうでさ」

「別に、足を引っ張ってるわけじゃないだろ。俺も祥にあとから教えるつもりで勉強してると、授業にもかなり気合いが入るし。人に教えることでもう一回、俺自身も復習することになってるしな」

「そうなのか？」

「ああ」

祥平はまだなにも決められない自分に落ち込んでいるようだが、そんなに焦る必要もないと思う。

それでも祥平は祥平なりに、匡と生きていく道を模索するため、今必死に悩んでくれているのだろう。ならば、その背を押してやりたかった。

「本格的な受験勉強はこれから始まるんだし、その間に祥は自分のやりたい道を探せばいいだろ。もちろん同じ大学を目指すなら、また一緒に勉強してもいいし」

「……あのなぁ。デキの違いを考えろって」

頭のいいヤツは簡単にそういうこと言うよなー……と祥平は恨みがましい視線を向けてきたが、心外である。

別に、できないことまで無理してしろとは言ってない。

「祥はできが悪いわけじゃないと思うぞ。これまでだって俺が教えたところはできてるし、うちの高校だってそれでちゃんと受かっただろ？　ただ理解するまでにちょっと時間が掛かるのと、飽きっぽいのが一番の問題かな。……分からないことがあると、お前すぐに投げちゃうもんな。記憶力自体はそう悪くないんだし、ポイントさえ押さえて勉強すれば、きっともっと伸びる。もちろん簡単な話じゃないし、これからかなり頑張らないとだけどな。やろうと思えば、なんでもできるだろ」

だからどんな道でも大丈夫だと言い聞かせると、祥平は匡の首にしがみついたまま、どっと脱力した。

「……なんか、無茶苦茶、気ぃ抜けた」

「そうか？」

「うん。俺さ、絶対に匡の邪魔だけはしたくないって思ってたんだけど……。でもほんとのこと言うと、四年も離れてんのなんてマジ無理とか思ったし、我慢できる自信もなかったんだよな。……あー、マジでホッとした…」

恋人のいじらしい本音に、思わず口元が緩んでしまう。

子供の頃のように、なにもかも一緒というのは無理になっていくとしても、離れるのが嫌だという気持ちは匡だって同じなのだ。

「……なんか邪魔したくないって言いながら、いつも祥ちゃんって、匡さんの邪魔ばっかしてるよね。そんな風に思ってるなら、今すぐにでも帰ったら？」

そのとき、ふいに脇から冷たい声が響き渡った。

「…真生…」

いつからそこにいたのだろう。見れば硬い表情をした真生が、生徒会室の入り口に立ったまま、じっとこちらを見つめていた。

「祥ちゃん、部外者だろ？　なんでここにいるんだよ。匡さんの仕事の邪魔しないでよ」

真生は顔を強張らせたまま、匡の腕の中にいる祥平に挑むような視線を投げかけてくる。

それに匡はチッと小さく舌を鳴らした。

てっきり真生も今日はもう、家に帰ったかと思っていたのに。まさかこんなところで祥平と鉢合わせるとは思ってもみなかったのだ。

思わぬ人物の登場に一瞬、怯《ひる》んだような表情を見せた祥平も、すぐに真生をきつく睨み返した。だが、たしかに部外者の自分のほうが、ここでは分《ぶ》が悪いと感じたらしい。

「匡。……俺、今日はもう先帰るな」

小さな溜め息を吐いて、祥平が匡の膝から降りていく。

だが匡は離れかけたその細い腰を背後からぐいと引き寄せると、再びその身体ごと膝の上へと引き戻した。

「ちょっ…、匡。なんだよ？」

「いろよ。まだ帰るな」

背後からきゅっと強く抱きしめられて、祥平が小さく息を飲む。

「匡さん！　なに言ってるんですか？」

真生はそれに激しく驚いた様子で、顔を真っ赤にしてわなわなと震え出した。

「俺が、祥を傍に置いておきたいんだ。まだ帰らせないからな」

「なに言って……、それじゃ仕事にならないじゃないですかっ！　他にもやらなくちゃいけないことはたくさんあるのに。お手伝いなら僕がしますから。……そんな人、ただ傍にいても無意味なだけでしょう？」

早く追い出せと言わんばかりの真生に向かって、匡はその顔から表情をすっとなくすと、剣呑に目を細めた。

「人の恋人に関して、お前にそんなこと言われる筋合いはないよ」

「……匡、さ…」

低く凍り付くような匡の声に、真生がびくりと固まった。

普段は快活で穏やかな笑みを絶やさない匡が、ここまではっきりと怒りを滲《にじ》ませているのを目にしたのは、初めてだったのだろう。

赤く染まっていたはずの真生の顔は、今では血の気が失せたように真っ青になっている。

「匡…？」

その低い声に驚いたのは、祥平も同じだったらしい。

慌てたようにこちらを振り返ろうとした恋人の肩へ、匡はそっと顎を乗せた。

「それに、祥のことを『そんな人』呼ばわりされる覚えもない。なんの権利があって、白坂はそんなことを言うんだ？」

言いながら、匡は祥平の柔らかな髪を指先で愛しげに梳《す》く。

露《あら》わとなった白い耳朶《じだ》。そこへ口付けるように唇で触れると、祥平の肩がびくりと跳ねた。

「おい……っ、匡…」

そのまま匡は、服の上から祥平の身体のラインを指先でなぞっていった。まるで焦《じ》れったい愛撫のようにもとれる指先の動きに、祥平が固まっているのが分かる。

薄いシャツの上から胸の粒を探り当てて、カリとそこを指先で引っ掻くように弄《いじ》ると、途端にその細い首筋がぶわっと赤く染まるのが見えた。

「ば…かっ！」

いきなりなにするんだといわんばかりの目つきで、祥平はキッと背後の匡を睨み付けてくる。

――――だからそれ、逆効果だろ。

誘われているとしか思えないような、赤い目元と潤んだ視線。その瞳に誘われるようにして、匡は指の動きを大胆なものに変えていく。

逃げかける腰をがっちりとホールドしたまま、もう一方の手で尖りはじめていた胸の先をきゅっと摘《つま》み、こねるように服の上から刺激してやる。

「…あぁ…っ」

途端、祥平は匡の膝の上で身を捩り、小さな喘《あえ》ぎを漏らした。

甘ったるい自分の声に驚いて、祥平は慌ててぱっと口元を押さえたけれど、匡にはもちろん、真生にもその声は十分に聞こえていたことだろう。

「匡……っ！　も…、放せってば……っ」

そんな顔で睨み付けられても、ちっとも怖くない。匡は祥平の制服のシャツをズボンから引きずり出すと、裾《すそ》から腹へと手を差し入れた。

脇腹から胸元まで直接触れるだけで、祥平はたまらず身をくねらせる。

祥平の髪へも愛しげに口付けたあと、匡は恋人の制服のボタンを下からひとつひとつ外していった。

「ば…っ、も……っ」

やめろと罵《ののし》りたいのだろうが、今、手を外したらどんな声が出てしまうか分からず、祥平は口を押さえたままだ。

快感に耐えるその俯き加減の横顔が、どれほど艶めいて見えるのかは、きっと本人だけが

気付いていない。

恋人のこんな艶《あで》やかな顔を、他人に見せてやるのは非常に勿体《もったい》ないなと内心で溜め息を吐きつつも、匡は手を止めなかった。

「……っ」

文句があるなら言えばいいと、まるで見せつけるかのように祥平のあちこちへと触れていく。

そんな匡を切なげにじっと見つめていた真生は、今にも泣き出しそうな顔で口を開いた。

「僕、……僕は、匡さんのことが、好きなんです。ずっと、好きだったから……っ」

掠れた声。どこか苦しげに歪《ゆが》められた、祥平によく似た面差し。

きっと他の誰かがそんな真生を目にしたら、放ってはおけないと手を差し伸べたことだろう。

けれど匡にとっては、もはや全てが無意味だ。

必死の告白にも、心は何一つ動かされなかった。

「だから?」

「……え?」

冷めた瞳のまま、匡はあっさり真生の告白を受け流すと、手馴れた仕草で祥平のバックルをカチャリと外した。そのままズボンの前をくつろげるようにして、その手をするりと滑り込ませる。

「ば……っ、たす…くっ、やめ…」

まさかそこまでされるとは、思ってもいなかったのだろう。

下着の上から柔らかく握りこんだ瞬間、祥平がぎくりと身を震わせ、深く息を吸い込むのが分かった。

「だから…って…」

顔色をなくして立ち尽くすだけの真生の前で、匡は祥平の敏感な部分を柔らかく揉み、もう一方では服の中を探って、尖ったままの胸の先を弄り出す。

「ん……っ」

薄い布地の下で、祥平が形を変えていくのを感じる。

もう少し、濡れはじめているのかもしれない。

真生に見られていると知りながら、祥平は自分を追い詰めていく恋人の手には逆らえずに、もはやされるがままになっている。

浅い呼吸を繰り返し、湧き上がる快感を必死にやり過ごそうとする恋人のこめかみに、匡は低く笑って優しく唇を寄せた。

そうして真生をちらっと見上げると、祥平に見せていたそれとは対照的な冷めた眼差しで、匡はサラリと告げた。

「白坂に興味はないよ。これ以上まとわりつかれても、迷惑なだけだ」

ゾッとするほど冷たい声。それに真生が顔色をなくしたまま、震えているのが分かる。

だが匡はそれきり真生の存在を綺麗に無視すると、それまでとはまるで別人のような熱く艶やかな声で、腕の中の恋人を愛しげに呼んだ。

「祥…」

顎をくいと掬《すく》い上げ、薄く開かれた唇に舌をそっと差し入れる。

次の瞬間、バタンと激しくドアが閉まり、バタバタと足音が遠ざかっていく音がした。


何度も角度を変えては優しく入り込んでくる、恋人の舌と熱い吐息。

それに酔いしれながらも、祥平はいつの間にか小さく肩が震え出すのを止められずにいた。

案の定すぐに気付かれてしまい、匡がそっと顔を離す。

「祥…？　泣いてるのか？」

そんなつもりはなかったのに、尋ねられた途端、ぼろっと一粒熱いものが零れてしまった。

途端に匡の顔がぎゅっと顰《しか》められる。

「……嫌だったか？」

「ち、ちが…。これは別に……なんでもなくって……」

どうしてだろう。子供の頃だって、自分はこんなにも泣き虫じゃなかったはずなのに。なんだかここ最近、匡の前では泣いてばかりいる気がする。

慌てて手の甲でごしごし擦《こす》ると、『そんなにしたら目が痛くなるだろ』と、匡が指で拭ってくれた。その優しい仕草に、また喉の奥がジンと熱くなってしまう。

「祥が泣くことなんてないよ。……悪いのは全部、俺だから」

そんなこと、言わないでほしい。

匡があそこまで真生を冷たく振ったのは、自分のためだと知っている。

これ以上、真生に期待を持たせまいとして、わざとキツイ言葉と態度を選んだのだということも。

だから自分が泣くのは、おこがましいのだ。

匡が自分へとキスを落としてきたとき、瞬きもせずに立ち尽くしている真生の瞳が、ふっと揺らぐのが見えた。

それが分かっていながら、祥平は匡の指に誘われるままに顎を上げた。

視界の隅で、真生の頬を静かな雫がつーと伝い落ちていくのが見えた。それを目の端にとめながら、祥平は自ら口を開いて、匡の火傷《やけど》しそうに熱い舌を受け入れたのだ。

――どんなに真生が本気で匡を好きだったのか。どれだけ恋焦がれていたのか。あの涙を見たとき、それが分かった。

……それでも、この人だけは譲れないんだ。

「悪いのは俺だけなんだから、祥が気にしなくていい。だからもう泣くなよ」

自分にだけ特別に向けられる慰《なぐさ》めるような匡の囁《ささや》きが、切なくて苦しい。なのに同時に胸が震えるほど、嬉しかった。

相反する喜びと切なさが、胸をいっぱいに満たしていく。

「匡…っ」

「祥、どうした?」

どんなときでも優しい腕と、優しい声。

けれどもそれはときに冷たい厳しさも併せ持っているのだと、初めて知った気がした。

「俺、……ずるいんだよ。真生があんな、泣いてたのに。アイツも本気で匡のことが好きなんだって分かってたのに……。俺……匡が真生じゃなくて、俺を選んでくれてよかったって、本気でそう思ってる…」

真生がショックを受けて、深く傷ついているのは分かっていた。

なのに祥平は真生を容赦なく排斥《はいせき》しながら、それと同じくらいの強さで熱く自分を求めてくる男に、酩酊《めいてい》するような目眩《めまい》を覚えた。

優しさと残酷さを兼ね備える匡に、どうしようもなく惹《ひ》きつけられていたのだ。

あのとき自分は、『離せよ』と匡の手に身を捩りながらも、どこか本気で逃げ出そうとしていなかった気がする。

それどころか、最終的にはわざと見せ付けるようにして、彼に思い知らせたのだ。……この男は自分のものだと。

「別にそんなの本当のことなんだから、ずるくもなんともないだろ？　俺が祥のものなんだってことは、とっくの昔に決まってたんだから」

だからいいんだと、匡は唇を歪めて笑う。

その少し冷たくて愛しい笑みも、祥平の胸の奥に火を付けていく。

「でも、俺がもし……匡に、あんなことされたら、傷つくよ…」

『興味がない』と目の前で言い切られ、焦がれてやまないその腕で、他の誰かを愛おしそうに抱きしめられたら、きっと自分は正気でなどいられないだろう。

「安心していいよ。祥には死んでもしないから」

「俺がもし、あんなこと言われたら……、絶対死にたくなるよ……っ」

こんなことを言うこと自体、たぶん卑怯《ひきょう》なのだと分かってる。

言えば匡が、自分をもっと甘やかすのは目に見えているのだから。

案の定、匡は震える祥平を抱き寄せると、宥《なだ》める様に、何度も額や頬に優しい口付けをくれた。

「ごめんな。怖がらせちゃったか？　でも大丈夫だから安心しろって。祥には死んだってそんなこと言わないし、離す気もないから」

甘く囁く恋人の首に腕を回して、祥平はしがみつく手に力を込めた。

……真生を、傷つけたかったわけじゃない。

でも、絶対にこの人だけは譲れないんだ。

他人を傷つけてでも譲りたくないだなんて、こんな身勝手な恋情、許されるはずないのに。

「祥が、好きなんだ」

それでも泣きそうな声で目を細めて笑ってくれた恋人に、祥平はしがみつく手にぎゅっと力を込めた。

恋が始まったばかりの頃は、ただ一緒にいられるだけで楽しくて、嬉しくて。

顔を寄せてはクスクスと笑いあっていた。

好きという気持ちだけで、世界中がキラキラと輝いて見えたのだ。

声を枯《か》らして泣くことも、誰かを羨《うらや》むこともなく。

「うん……うん。俺も好き。匡だけが好き……」

恋は決して、綺麗な感情ばかりじゃないと、今ではもう知っている。

それでも——たとえ誰かを傷つけてでも、声が枯れるぐらい泣いてでも。

絶対に譲れないものが、この世界にはたしかにあるのだ。

しがみついていた肩からようやく顔を上げると、匡はホッとしたように笑った。

「落ち着いたか？」

「……ん」

祥平の気持ちが落ち着くまで、ぽんぽんと祥平の背を叩きながら辛抱強く待ってくれていた恋人に、祥平も微笑み返す。

こういうところが本当に匡は、自分などよりずっと大人だなぁと思う。

……俺も、もっと強くなんなきゃ。

守られているばっかりじゃダメだ。自分も匡を守れるくらい強くならないといけないなと、改めてそう思う。大事なものをなくさないためにも。

肩から力を抜き、目を落とした祥平は、自分の置かれていた状況を思い出して、ぎょっとした。

「……あ」

そういえば、途中まで煽られた身体も、脱がされかけた服もそのままだ。

さすがに下半身のほうはだいぶ落ち着きつつあったけれど、学校のしかも生徒会室という場所で、上も下もはだけかけている自分の姿が恥ずかしくて、祥平はもぞもぞと手を伸ばして、シャツのボタンに手をかけた。

「ところでな、祥」

だがその手をすっと摑まれて、祥平は首を傾げる。

「うん」

「一つ、どうしても聞きたいことがあるんだけどな……」

「……なに？」

ひどく真面目な顔をして改まった匡に、一体なんだろうかと身構える。

「お前は、いったいいつまで忍と寝てるつもりなんだ？」

「………、はい？」

だがその真剣な顔つきと、質問の内容の嚙み合わなさに、祥平は一瞬くらりとした目眩を覚えた。

「それってさ……今この状況でそんな改まって聞くほど、大事なことかよ？」

尋ねた途端、『大事に決まってるだろう』と激しく力説されてしまい、ますます肩から力が抜けていく。

前言撤回。随分と大人だと思っていた恋人は、かなり子供っぽいところもあるらしい。

「この際だからはっきり言わせてもらうけどな。さっきも言ったとおり、俺は祥以外の存在は結構どうでもいいと思ってる。だから、できれば祥も……忍のことは、もうちょっとだけでいいから横に置いといてくれると、すっごく！　ありがたいんだけどな」

『すっごく』に力を入れられて、思わず唇が引きつった。

「あのさ……何度も言うようだけど、忍は俺の弟なんだけど…？」

「弟だろうと肉親だろうと関係ないね。俺だってここのところずっと、祥にはまともに触れさせてもらってないってのに。それをアイツは弟っていうだけで、これみよがしにベタベタベタベタしやがって…」

これまでも、冗談交じりに『あのな。そろそろ忍と一緒に寝るのはどうかと…』と何度かつっこまれたことはあったが、まさか匡がそこまで真剣に悩んでいたとは知らなかった。

「匡ってさ、……前からそんなんだったっけ？」

「そうだ。俺はかなり心が狭いんだ。特にお前に関してはな」

そこまで堂々とふんぞり返るように宣言されてしまうと、もはや苦笑しか出てこない。

「だいたい毎日、祥の顔だけは見てても、傍で忍が見張ってるせいでキスもろくにできないし、夜這いにだって行けないし……」

「……なんだ」

忙しくしている匡の邪魔をしてはいけないと、放課後は克実とゲーセンで時間をつぶしたり、忍と一緒に買い物したり、夕飯を作ったりしていたけれど。

——なんだ。そっか。匡も俺と同じ気持ちだったのか。

改めてお互いだけを好きだと確認し合って、離れていても愛されていると実感していたとしても、やっぱり触れ合えない日はちょっぴり寂しくなることもある。

だがそう思っていたのが、実は自分だけじゃないと知って、ホッとした。

「なんだって、どういう意味だ？」

「や、だってさ。……匡、なんかメチャクチャ忙しそうだったじゃん。きっと今はそれどころじゃないんだろうなーって思ってたから、夜は忍と一緒にＤＶＤとか見て、時間つぶしてたんだよ。そのまま寝ちゃうことも多かっただけで、別にいつまで一緒に寝るとか決めてないし……」

というか、むしろ匡のいない独《ひと》り寝が寂しくて、布団に入ってくる弟を追い出せなかったというのもある。

「……俺だって、……匡が来るって言うなら、ちゃんと一人で待ってたよ……」

恥ずかしさを堪えつつ、指先でのの字を書きながらぽそりと呟くと、匡はまるでこの世に春が来たとでも言わんばかりの様子で、ぱあっと顔を輝かせた。

「そうか。なら遠慮なんかしてないで、忍をとっととお前のベッドから叩き出して、夜這いしとけばよかったな」

ついでにチッと舌打ちをする目つきは、真剣そのものだ。

「そういうとこが、やっぱオヤジくさいんだけど……」

けれども『そっかー。祥も本当は寂しかったのかー』なんてニヤニヤと嬉しそうに呟いている恋人を見てしまったら、とても真剣に怒る気にはなれなかった。

これではたしかに克実から、呆れた視線で『このバカップルが。ほんとやってらんねぇ』とぼやかれるわけである。

うわー。もう……。俺らって、色々と恥ずかしすぎる。

お互いがお互いのことしか見えてない。それが嫌じゃないのがまた、こっ恥ずかしくて嬉しい。

照れくささに負けて、再び顔を隠すように匡の肩へと額を押し付ける。

当然のように回されてきた手に、すっと太腿《ふともも》の内側を撫で上げられて、祥平はびくりと全身を震わせた。

「ちょっ…と」

「逃げるなよ？　今は忍のことを考えるのも許さないからな」

今さらストップはなしだとばかりに、匡ははだけかけていた服を、いそいそと脱がしにかかってくる。

明確な意図をもって皮膚《ひふ》へと這わせられていく指に、身体が震えた。

「ちょっと、ヤだよ…っ。ここ、学校だって…」

「ん…。なら、ちょっと。ちょっと触るだけ」

なにが『ちょっと』だ。『触るだけ』だ！　そう言って、触るだけで終わったためしなんかないだろうが！

そう怒鳴りつけるよりも早く、外れたままだったファスナーの隙間から、器用な指先にするりと入り込まれて、息を飲む。

「う…。匡、ヤだって……」

「さっきは許してくれただろ？」

だってアレは、たぶんわざとだと知っていたから。

それにまさか匡だって、真生の前で最後までする気はなかっただろうに。

呟くと、匡からは『いや、あのまま最後までしてもよかったんだけど。それはそれで、他のヤツにこんな祥を見せるのは、勿体ないからなー』とのうのうと言い返されて、絶句する。

「あのとき祥だって、自分からちゃんとキスしてくれたもんな？」

甘ったるく問いかけられて、『う……』と声を詰まらせる。

そのあたりを突っ込まれると、祥平としても言い訳の余地はない。

「あっ……、ま、まって、ちょっと本気？」

下着ごとズボンをつるりと剝かれて、ぽんと放り投げられる。

いくら一般生徒はあまりやってこない生徒会室とはいえ、こんな場所で上はシャツを羽織ったただけ、下半身はまるだしという情けないカッコになった祥平は、自分の姿に激しい羞恥心を覚えた。

もしも今、あそこのドアを開けて誰かが入ってきたら、なにをしているかは一目瞭然《いちもくりょうぜん》である。

「匡…、やだよぉ…」

半分泣きが入ってしまった祥平を見て、匡は慌てたように頬へ口付けると、ソファに祥平を残してそそくさとドアへと走っていった。

ぬかりなく『会議中』の札を出し、入り口のドアにはきちんと鍵を掛けて、また素早く祥平の元へと戻ってくる。

「これでいいか?」

尋ねられ、ホッとしたように小さく頷く。これで突然の来訪者に見つかる可能性は、ぐんと減ったわけだ。

だが鍵を掛けられてしまったことにより、ますます自分が窮地に追い込まれていることに、祥平はこのときまだ気が付いていなかった。

「ほんと、ちょっとだけな? 最後まではしないから…」

「…ん…」

懇願されれば、すでに流されはじめている祥平がそれを拒めるはずもない。

キスをしながらシャツの内側に滑り込んできた手に、ぞくぞくする。少しだけ汗ばんだ匡の手のひらが、激しいその欲情の度合いを示しているようで、祥平は小さく喉を鳴らした。

「ここ……触ってもいいか？」

先ほども少しだけ可愛がられた胸の先に触れながら、匡が問いかけてくる。

そんな確認、形の上でしかないことを互いに知っていながら、祥平は『…ん』と小さく頷いた。

その先端を指で優しくこね回されると、なぜかそれだけでもじもじと下半身まで動き出してしまう。それが恥ずかしくて祥平が身を捩ると、はらりとシャツの前が大きくはだけた。

「あ……」

あられもなく再び反応しはじめていたそこが、自分と匡の目に晒《さら》されてしまう。

シャツの裾で隠す間もなく、匡の手がそこへと伸びてきて、だが触れる直前でピタリと止まった。

「どうする？　こっちも、ちょっとだけするか？」

これ絶対、わざとだ……そう分かっていながら、匡にそそのかされるままコクンと頷く。

匡はそんな素直な祥平のこめかみにたまらぬ様子でキスをしながら、ゆっくりとそれに指を這わせた。

まるで待ち構えていたかのように、大きな手のひらに包まれた途端、立ち上がりかけていた熱がグンと大きくなる。

「ふ…」

何度か優しく揉み込まれただけで、すぐに張り詰めてきてしまう。

自分で触っても、こんな風には決してならない。なのに匡の指だと、あっという間に身体中の血液が沸騰しそうになる。

「……なん…で？」

「ん？」

なんで俺の身体のことなのに、匡の方がよく分かってんの？　と尋ねてしまいそうになって、祥平は慌てて口を塞《ふさ》いだ。

そんなこと聞いたら、またエロくさい返事が飛んでくるのは目に見えている。

「祥。祥…」

軽いキスを繰り返しながら、何度も名を呼ばれる。

悔しいことに、それだけでなにもかも従ってしまう自分がいる。

「祥…。ここちょっと持っててくれるか？」

「……え？」

快感にぼんやりとした祥平に向かって、匡が指でぴらりと持ち上げてみせたのは、祥平の身を僅《わず》かに包んでいるだけの白いシャツの裾である。

「なん、で…？」

「だって制服だぞ？　これから家に帰るんだし、汚しちゃいけないだろ」

「やだよっ、そんなの…」

そんな風に裾を摘み上げたりしたら、まるで自分から誘うように下肢《かし》を晒すことになるじゃないか。

「でも、制服が汚れるのは嫌なんだよな？　ここじゃ着替えもないし……。それともここで全部脱いじゃうか？」

それだけは嫌だと首を振る。本当は汗で貼り付きはじめたシャツは不快でしかなかったけれど、さすがにこんな真っ昼間から、学校という特殊な場所で、全てを脱ぎ落として一人だけ裸になる勇気はなかった。

「た、匡が……持ってて…」

「んー、でも俺はこっちを可愛がってやらないといけないしな。ほら、ここも放っとかれたままじゃ、可哀想だ」

言いながら、すでに張り詰めていた前と、赤く熟《う》れた胸の先を同時に弄られる。

「どうする？　それとも俺が裾を持っててやるから、祥が自分でするか？」

「……っ」

いけしゃあしゃあと恥ずかしいことばかり言う恋人の横顔を、なんだか今ものすごく、張り飛ばしたくなってきた。

さっき克実が分厚い冊子で匡の頭を殴り倒していたが、あれをやったらさぞかし気持ちがよさそうだ。

だが匡にそそのかされるまま、結局はそうっとシャツの裾をめくってしまう自分も、あとで確実にぶっ飛ばしたくなるくらい恥ずかしいに決まっている。

震える指をそろそろと伸ばし、下肢をわずかに隠していた服の裾をそうっと摘み上げると、よくできましたとばかりに匡の指先が動き出した。

右手で熱の溜まったソコを、左手で放っておかれたままだった胸の粒を同時に嬲《なぶ》られて、祥平はたまらず甘い吐息を漏らした。

「う……んっ」

どちらの先端も指でそっと押しつぶされるようにされて、全身が強張る。

シャツの裾を握りしめたまま、もはや荒い息を繋ぐしかできない祥平の喉元や、耳朶に、匡はキスの雨を降らせてくる。

「祥平……」

愛しげに匡に名を呼ばれるだけで、鳥肌が立つ。

「や…だ。俺ばっか…っ、こんな…の……」

恥ずかしさで今すぐ憤死してしまいそうなのに、その手を止めて欲しくない。

なのに慣らされた身体のどこをどうすれば陥落するのか、一番よく知ってるはずの匡は『大丈夫。すごく可愛いから』とますますそのかすことばかり言うのだ。

「あ、あっ……」

無意識のうちに、だんだんと身体が前かがみになってしまう。

いつもなら直接感じられるはずの匡の素肌が、今日は互いの衣服に邪魔されて感じることもできなくて、祥平はもどかしげに身を捩る。

薄い布地が、こんなにも邪魔だと感じるとは思わなかった。

「ダメだって。ほら、ちゃんと持ってないと、くっついちゃうだろ?」

震える指先に、もう力なんか入らなくて、思わずプルプルと手を震わせると、匡から意地悪く注意されてしまった。

「だ…って、我慢できな…」

「ちょっとしか触るのはダメなんだから、もう少し我慢できるよな?」

そう言って匡は決定的な愛撫をくれない。

まるでこの焦れったい時間を引き延ばすかのように、祥平が身悶《みもだ》えるポイントに触れては、しばらくするとふいと外してしまうのだ。

「や…あっ。あっ…」

焦らすんじゃねぇよと、意地悪な匡の手を睨み付けたものの、すぐに見なければよかったと祥平は心底後悔した。

自分の立ち上がって震えるそこに、匡の指が淫《みだ》らに絡みついている。

しかもその先端から溢れ出していた雫《しずく》を塗り広げるように、手のひら全部を使って、ゆっくりと上下に撫でてくれているのだ。

「ん…っ」

ビジュアルからの刺激は思っていた以上に凄まじく、目の前がチカチカしてきて、慌ててぎゅっと目を瞑《つぶ》る。

だがそうして目を閉じていても、たった今、目にしたばかりの光景は脳裏に焼き付いたままで、匡の手が動くたびにリアルに再現されてしまい、全身が燃えるようにカッと熱くなった。

「も、じら…すなよっ」

自身を愛撫してくれている匡の手のひらの上から、そこをぎゅっと強く押さえる。

匡に見られているかと思うと死にたくなるほど恥ずかしかったが、それでも走り出した快感を止めることは難しかった。

「祥……。でもちょっとだけって言ったろ？」

「ちょっとじゃ、なくて…いいっ。もっと、ちゃんとして……っ、いいから…」

浅ましい言葉が、喉をつく。

……なんかこれって、またいいようにされてんじゃね？　と頭のどこか片隅でそう思いはしたものの、そんなのは二人の間ではいつものことだ。

匡のかっこよく引き結ばれた唇が、一瞬、艶やかに引き上げられた気がした。

次の瞬間、匡は祥平が望んだとおりに、欲しいだけの刺激を与えてくれた。喘ぐ唇を唇で塞がれて、息すらも飲みこまれそうなキスに翻弄されていく。

「ふ……、たす…く、ん……」

「祥平…」

キスの合間に互いの名を呼び合い、手の動きを早められる。

匡はまるで自分がそうされているみたいに、目を潤ませて、祥平の痴態《ちたい》を熱っぽく見つめていた。先ほどから尻の下で当たっている匡のソレも、布越しだというのに凶暴なほど熱くなっている。

祥平を愛撫しながら匡も感じてくれているのかと思ったら、いいようのない高揚感が込み上げてきた。

きゅんと身体の奥が疼《うず》いて、いつも匡を迎え入れているそこが、淫らにも収縮するのが分かった。

「あ……っ、…あぁ！」

祥平の薄っぺらい腹が匡の膝の上で、痙攣《けいれん》を起こしたように波打った。

ぶるり…と大きく腰が震え、たまらない心地よさとともに、匡の手の中に全てを解放する。

全力疾走をしたあとのような荒い呼吸を何度も繰り返すと、汗の浮いたこめかみを匡が愛しげに舐《な》めてくれた。

「ごめん。やっぱり我慢できないのは、俺のほうだな…」

囁くと匡はぼうっとしたままの祥平の身体をソファへと横たえた。

膝の裏を持ち上げられ、慣れた展開に、ここがどこかも忘れて自ら脚《あし》を開いてしまう。

「は……っ、ん…」

感じるところを長い指で何度も擦られると、イッたばかりだというのに、また前がそろりと立ち上がってきてしまう。

「や…っ、そこ…ばっかダメ……、……っ」

何度もキスをしながら、弱いところばかり狙い撃ちしてくる匡の指から逃れようと、身を捩る。その動きでソファからずり落ちそうになった祥平は、はっと今の状況を思い出した。

「ちょ…っ、ちょっと待った！」

「……なんだ？」

いいところで止められてしまった匡は、やや不満げに片眉を上げた。

「ここ、学校！　生徒会室！　なのに……なに当然みたいな顔して、ちゃっかり先まで進んでんだよ…っ」

自ら脚を開き、匡の指を後ろに二本も受け入れておきながら、今さらなにをと言われるかもしれないが、ここは自宅のベッドではないのだ。

この状況下で最後までいたしてしまうのは、さすがに気が引けた。

「鍵なら閉めた」

……そういう問題じゃない。っていうか、そのドヤ顔やめろ。

なんだか文句をつけてる自分の方が、非常識なこと言ってるみたいに思えてくるじゃないか。

「……い…今すぐ、家に帰る……とかじゃ、ダメ？」

一応、そっとお伺《うかが》いを立ててみる。すぐに帰る支度をして、速攻で駅に向かって……と譲歩案を提示してみたものの、匡は目を細めただけだった。

そうして無言のまま祥平の手を掴み、自分の熱くなった下腹部へとその手を導いていく。

……あー。これはかなり、大変ですよね…。

布越しにでもキツイと分かるソコに手を触れた瞬間、祥平はこくりと唾《つば》を飲み込んだ。

「祥が欲しい」

耳の裏を舐められながらそっと囁かれ、腰が砕けそうになる。

……うう。だからずるいんだよ、その低音。

「今すぐ、祥が欲しいんだ。全部…俺にくれよ」

真摯《しんし》な声で情欲をぶつけられると、なにも考えられなくなってしまう。

中に入れられたままだった指が、再びゆっくりと動き出したのに気付いて息を飲む。

祥平より、匡の方がこの身体のことはよく知っている。でもそれと同じくらい、祥平も匡のことならよく知っているのだ。

たぶん今、匡はかなり本気で切羽詰まってる。

「い……一回…」

「うん?」

「一回…、だけなら……」

『いい』と囁き終わる前に、その腕の中へと強く引き寄せられていた。

頭から食べられてしまいそうな勢いで、口付けが落ちてくる。

「祥…」

先ほどまでの動きとは明らかに違う、意図を持った指先に翻弄されていく。

キスを繰り返しながら、内壁の弱いところを何度も擦り上げられて、膝がガクガクと震え出してしまう。

どうして、こんなにも感じるのか分からなかった。

皮膚の下まで、匡に知られている気分だ。粘膜一枚を隔てて走る細かな神経までもが匡に支配されている。

ズルリ……と指が抜け出た瞬間、息を吐く間もなくそこに熱いものを押し当てられた。

「ああっ、や…、あ…ぁ…。……っ」

喉の奥から悲鳴のような甘い声が出た。

全てが、快感に塗りつぶされていく。

久し振りだというのに、奥まで重なった途端、匡は我慢仕切れない様子で腰をゆっくりと使ってくる。

「あ…ダメ…、そんな…急なの、……ダメ…って……っ」

指でしつこく開かれていたそこに痛みはほぼない。それでも、いきなり深い快感に追い込まれては、身体がついていかない。

ゆっくりだった抜き差しが、すぐに早くなっていく。

そのたびさらに大きく中で育っていく匡の形を、嫌でも覚え込まされてしまう。

「あ…あ、あ…っ、あ……」

腰を動かしながらも、祥平のあちこちに触れてくる指先は熱い。

一番深いところで交わっているはずなのに、もっと奥まで入れないかと、匡は腰を押し付けるようにしてさらに中を探ってくる。

その深さに、目眩を覚えた。

「……っ、……！」

ひどく切羽詰まったようなセックス。それが熱くて愛しいと感じてしまう。

カリと胸に歯を立てられて、全身に鳥肌が立つ。

溺《おぼ》れてしまう。

「あ…あぁっ！」

これ以上ないほどピッタリと重なった腰を、繋がったままの状態で軽く揺さぶられた瞬間、耳の奥でキンと耳鳴りがした。

「祥…、俺の…だ。全部っ、……そうだよな？」

切羽詰まったような声。

その声に答えられるだけの余裕もなくて、がくがくと震えているうちに、腰を強く引き寄せられてしまった。

中で、匡の角度が変わるのが分かった。

抱き起こすように再び膝の上に座らされ、自分の重みでさらに匡を深く受け入れてしまう。

「……っ、ひ…ぁ…」

「俺の……だよな？」

耳元でもう一度確認され、祥平は何度もこくこくと頷いた。

魂《たましい》まで奪い尽くそうとするみたいな、その強い執着が心地よかった。

小刻みに腰を揺らされて、びりびりと快楽が背中を駆け抜けていく。

祥平は苦しすぎるほどの甘い責め苦に半ば意識を飛ばしながら、それでもしっかりと匡の首に腕を回して、しがみついた。

「……っ、匡ぅ……」

二つの身体が深く重なり、自分の奥でどくどくと脈打つ熱い塊《かたまり》を感じる。

「あ……やっ、……ちゃう、……も、イク…っ」

最後に下からひときわ強く貫かれた瞬間、身体中がばらばらになったような感覚を覚えた。

「祥平…っ」

たまらぬ声で耳元で名を呼ばれ、目の前が真っ白になる。

「あ……、ふ…、ん……、ん…」

それとほぼ同時に、匡の腰もぶるりと震えた。身体の内側の深いところに、熱い飛沫《しぶき》が流れこんでくるのを感じる。

「……ん。匡…」

唇を開けて自分からキスをねだると、すぐに熱いそれが降ってきた。

キスを繰り返しているうちに、いまだに収縮を繰り返していた内壁が、恋人のそれを何度も甘く締め付けてしまうのが分かる。

その刺激にもまた、祥平はジンと腰を震わせた。

「祥……なぁ、もう一回だけ、いいか？」

「も、だめ…って。匡、さっきからっ……そう言って、て、ぜん…っ、ぜん、終わんな…あ……っ！」

耳元で囁きながら、脱力したままの腰をくいと引き寄せると、祥平は桜色に染まった身体をプルプルと震わせた。

それがまたたまらなく可愛くて、色っぽいのがいけない。

たった今、一緒に達したばかりだというのに、匡の熱はいまだ下がらないどころか、ますます絶好調といった様子である。

すぐに力を取り戻しはじめたそれで、祥平の中をぐっと抉《えぐ》ると、祥平はシーツを掻き乱しながら甘く啜《すす》り泣いた。

生徒会室での行為は、約束通り、あの一回だけでなんとか終わらせることができた。

だが、どうにももの足りなかったのは二人とも同じだ。自分たちはまだ若いのだから、それはそれで仕方ない。

結局匡は、本日の仕事を全て投げ出すと、祥平と共にいそいそと帰途についた。

幸いなことに、忍がまだ学校から帰ってきていなかったこともあり、二人で一緒にシャワーを浴びた。

外で汚してしまったお詫《わ》びに、祥平の身体を足から綺麗に洗ってやっている途中で、いつのまにかムフフな雰囲気になってしまったのも、これまた仕方がない。

結局そのまま祥平の部屋へとなだれ込み、互いに身体を拭《ふ》くのももどかしく、またもや盛り上がってしまったわけなのだが、さすがに祥平はかなりへばってきているようだった。

それでもまだ全然、足りていないような気がするのだから、どうやら匡は自分でも気付かぬうちに、かなり切羽詰まっていたらしい。

まるで最初の頃のように、思いきり箍《たが》が外れてしまっている。

だが祥平も、口では『もうダメ』だの、『もう入れたらヤダ』だのと言いながら、本気で逃げ出す風でもなく、匡が動き出すたび素直に身悶えてくれているところを見ると、まんざらでもないらしい。

それだけ祥平も自分を欲しがってくれていたのかと思うと、ヤニ下がる思いだった。

「……匡、あとちょっと…って、さっきから…そればっか…っ」

「うん。ごめんな?」

まったく悪びれたところのない明るい口調で謝りながら、匡は再び恋人の身体を抱き寄せた。

十分な硬さを取り戻してきたもので奥を突かれて、祥平の口からはまた、甘やかな吐息が零れはじめていく。

「あ…ぁ」

「祥…。もう一回だけだから。あと、ちょっとだけ…な？」

そう言いつつ、きっと今日は簡単には離してやれないだろうなぁと苦笑しながら、匡は快楽に濡れた祥平の瞼《まぶた》へ、そっと口付けを落とした。


「今度こそ、殺されたいみたいだな…」

人が夕食の買い出しに行っている隙に、ちゃっかり家に上がりこんで祥平を美味しくいただいているらしい匡に、忍は心から冷えきった呟きを漏らした。

まだ日も落ちきっていないこんな時間から、激しくいたしている二人の声など聞きたくもない。

だが部屋の扉が僅かに開いたままなのか、扉の隙間からはゾクゾクくるような兄の嬌声《きょうせい》が、ひっきりなしに漏れてくる。

祥平の甘い嬌声が上がるたび、魚を三枚におろしている自分をわざと試してるのだろうかと、真剣に疑いたくなったほどだ。

……断じてわざとじゃなかったと、匡はあとから青くなって首を横に振っていたが。

それからもだらだらと続けられる情事に、なけなしの仏心で気付かぬふりをして夕食を作り終えたが、いまだ終わりが見えない二人のいちゃつきぶりには、さすがの忍も堪忍袋の緒がキレた。

「……メシっ！」

もし十分以内に二人が部屋から出てこないようなら、たとえ真っ最中であってもその場に踏み込んでやると、心に決める。

忍の怒鳴り声に尋常ならざるものを感じたのか、慌てて身繕《みづくろ》いを済ませて二人は部屋から出てきたけれど、その姿を目にして忍は頬をピキリと引きつらせた。

いかにもたった今までヤッていましたと言わんばかりに、祥平の頬は赤く上気しているし、その目もいまだ潤んでる。

しかもひょこひょことぎこちなく歩く後ろ姿は、なんとも心許ない。

それに対して、疲れた様子を漂わせながらも妙にすっきりとした顔つきをしている匡も、見ているだけでムカッ腹が立ってくる。

さすがにバツが悪かったのか、二人とも忍の前では大人しく静かに夕食をとっていたものの、目と目で交わす会話が妙に甘ったるいのもいただけない。

こんなことなら『今晩、匡をメシに誘ってもいいかな？』などとリクエストしてきた祥平の意見など取り入れず、さっさと家から叩き出してやればよかったと、今さらながら後悔の真っ最中だ。

「なぁなぁ。このアジフライ、すげー美味《うま》いよな」

「あ、ああ。そうだな。揚げたてで、衣もさくさくだしな」

「……誰かさんたちがもっと早く部屋から出てきたら、もっと熱々だったんだけどね」

愛しの兄は別として、お前になぞ褒《ほ》められたくないという視線で見つめ返すと、匡は『ははは…』と虚《うつ》ろに笑った。

「でも、ほんと忍はなに作らせても料理上手だよなー。このフライも店で買ってきたのよりずっと美味いし。これで女の子だったら、ほんといい嫁さんになるよな？」

無邪気に笑って、二枚目のアジフライにかぶりつく兄に、忍はにっこりと微笑んだ。

「そう？　もし兄貴がもらってくれるっていうなら、俺はいつでもお嫁にいくけど？」

「もー、ほんと忍は口も上手いよな」

祥平はそう言って笑ったが、隣の匡はひどく青い顔をして、フルフルと首を左右に振っていた。

それをさらりと無視して忍はテーブルから立ち上がると、あらかじめ用意しておいたデザートを皿に盛り付けてやった。本日のデザートはショコラのムースだ。

大きめのアジフライを三枚、ご飯を二杯、他にも味噌汁とおかずやデザートまでぺろりと平らげたあと、祥平は満足げに『ご馳走様』とにっこり微笑んだ。

だがさすがに、疲労と眠気には勝てなかったらしい。

使った食器を匡と二人で洗い終えた途端、リビングのソファでうたた寝を始めた祥平は、本格的にぐーすかと眠り込んでしまった。しかもムカつくことに、匡の膝枕でだ。

「やっぱ……さっさと殺しとけばよかったな」

ぼそりとした呟きが届いたかどうかは定かではなかったが、ピキーンと匡の肩が固まったところをみると、聞こえていたに違いない。

——け。ざまーみろ。

だが眠りにつく直前、祥平が匡に見せていた蕩けそうな甘い笑顔を思い出せば、まぁ仕方ない、今日は大人しく譲ってやるかと、小さく溜め息を吐く。

さてじゃあ次は、どんな手を使って邪魔してやろうかなどと考えつつ、猫のように目を細めると、匡は乾いた笑みを浮かべながらそっと忍から視線を逸らした。

その膝の上では、祥平が幸せそうな寝息を立てていた。

無敵の恋人

「こっちのファイルが、他校との連絡用。それとこのディスクには、昨年度までの各部の支出データがエクセルで入ってる。持ち出しは禁止だから、閲覧するときは職員室でパソコンを借りてくれ」

いくつかに分類しておいた資料と、代々引き継がれている生徒会のノートを手渡すと、二年の役員が『はい』と神妙な顔で受け取った。

「それじゃ、これでだいたい引き継ぎ完了かな。これからは、お前ら新役員に期待してるからな。頑張れよ」

匡《たすく》が微笑《ほほえ》むと傍《そば》にいた他の役員達も、ホッとしたように笑顔を見せた。

「本当に、二年間お疲れ様でした！　瀬川《せがわ》先輩も受験勉強、頑張ってくださいね」

次期会長に選任された二年の生徒は、匡を見上げてはうるうると目を潤ませている。

匡としても、長いこと苦楽を共にしてきた仲間だ。

部活の引退のときとはまた違った感慨があった。

「でも、瀬川先輩が来なくなったらマジで寂しいです。本当に俺らだけでちゃんとやっていけるのかって、超心配」

そんな言葉も本気で言ってくれるのだから、なおさらだ。

「そのためにビシバシ鍛《きた》えてやったんだろ。一年の他の役員もだいぶ使えるようになってきてるし、お前らなら大丈夫だって」

不安げな顔を見せた役員達の背を、一人一人叩《たた》いてやる。

三年はすでに受験期に入るということで、大げさなお見送りはなしの代わりに、購買で買ってきたオレンジジュースとコーラで乾杯をした。

大変なことも多かったが、もうここに足を運ぶこともなくなるんだなと思うと、ホッとしたような、少し寂しいような、不思議な気分だ。

「じゃあ俺は、そろそろ帰るな」

「はい。本当にお疲れ様でした。あ、先輩達の受験が無事に終わったら、そのときはちゃんとした送別会をやらせてくださいね！　新役員みんなで、追い出し会とお祝いもあわせてやりますから」

半年以上も先の約束をいまから取り付ける後輩達に苦笑を零《こぼ》しながら、生徒会室をあとにする。

だが部屋を出てすぐの廊下で、ぼんやりと窓の外を眺めていた人物に気付いて、匡は足を止めた。

「引き継ぎ、無事に終わったんですね」

「……白坂《しらさか》」

真生《まお》だった。

こうしてちゃんと顔を合わせるのは、あの日、祥平とともに生徒会室で見送って以来だ。

あれ以来、生徒会室で真生と顔を合わせることはほぼなくなっていた。

匡がやってこないはずの朝や昼休みには、真生も生徒会室に顔を出していたらしいから、匡と鉢合わせるのを避けていたのだろう。

なのにこの最後の日に、今さらいったいなんの用かと思い、眉根《まゆね》を寄せる。

「そんな苦い顔しなくても……別に、取って食べたりなんてしませんよ？」

そう言って真生は肩を竦《すく》めると、少し皮肉げに笑った。

「それに、あなたのことはもうすっぱりと諦《あきら》めましたから。引き継ぎも無事終わったなら、これからはここで会うこともなくなるでしょうし……」

「ああ。今、みんなにデータを渡してきたところだ。……じゃあな。白坂も、新役員と一緒に頑張れよ」

あんなことがあったとはいえ、一応、先輩、後輩の間柄だ。

「匡さん」

形式的なねぎらいの言葉をかけてさっさと立ち去ろうとした匡を、だが真生の声が呼び止めた。

「最後に一つだけ……聞かせてもらえませんか？」

「……なんだ？」

最後にという言葉に、つい足を止める。

「なんで、祥《しょう》ちゃんなんですか？」

「どういう意味だよ？」

「顔が好みっていうのなら、僕だってほとんど変わらないと思いますけど？」

今までの気の弱い大人しい後輩という仮面を脱ぎ捨てた真生は、まるで挑発するような目つきで匡をじっと見つめてくる。

その自信に満ちた顔つきを、まじまじと匡は見つめ返した。

「……白坂。お前、なんか変わったか？」

「別に。振られた相手に、今さらいい子ブリッ子したって仕方がないでしょ？」

こちらがきっと、本来の真生の姿なのだろう。

匡に好かれようとして、どうやらこれまでは大人しく猫を被っていたらしい。

本音を言えば今の真生の方が匡の好みには近かったが、どちらにせよ、祥平《しょうへい》じゃないなら意味はない。

「お前さ……本当に顔の好みだけで、俺が祥を好きになったとか思ってんのか？」

こちらから尋ね返すと、真生はぐっと詰まったように眉根を寄せた。

「別に……そういうわけじゃないですけど……。でも好みで言えば、僕だって好みに近いわけですよね？　なのにどうして……あんなアホっぽくて騙《だま》されやすい甘ったれのがいいのかと思って。……あなたのことは諦めましたけど、一応、それだけは聞いとかないと納得できませんから」

ズケズケとものを言う真生に、匡は思わず笑ってしまった。

恋人のことを好き放題言われているのだ。

ここは怒ってしかるべきなのかもしれなかったが、自分が祥平に負けるなんて納得がいかないと、ぷりぷりしている真生がなんだか微笑ましいとすら思ってしまった。

「そうだな。……たしかに顔や身体《からだ》だけ見れば、抜群に好みなんだろうけどな。祥のいいところは、他にも数え切れないぐらいあるからな」

「だから……それがなんなんだって聞いてるんです」

苛《いら》つくように尋ねてくる真生に、匡はひょいと片眉を上げた。

「祥は、人を疑うってことを知らないんだよ。まっすぐで、感情豊かで……誰かさんみたいに、表向きいい顔して裏ではライバルを蹴落《けお》とすために画策するなんて、きっと考えたこともないだろ」

「……嫌みですか」

「そういうわけじゃないけどな」

当てこするつもりではなかったが、先に嘘《うそ》を吐いて祥平を泣かせたのは真生のほうだ。

暗にそれを言葉に含めると、真生はさすがに少し気まずそうに唇をきゅっと引き結んだ。

「だってそんなの……恋愛してるのに、綺麗事なんて言ってられないでしょ」

「まぁ、そうだよな。俺も裏表はかなりあるほうだし、好きな相手を手に入れるためなら、色々と手も考えるだろうし…」

もし祥平が自分の恋人じゃなかったら。

匡も彼の気を引くために、できる限りのことはするだろう。だからといって、そのために他の誰かを傷つけていいとまでは言わないが。

「でも、祥はそういうのがないんだよ」

祥平には駆け引きとか、裏工作とかそういうものが一切ない。

それが真生からみれば、アホっぽくて騙されやすいということになるのかもしれなかったが。

「泣きたいときに泣いて、笑いたいときに笑う。そのくせ一度でも心を寄せた誰かが傷付いてるときは、一緒に寄り添って一緒に悲しむ。……お前のこともさ、嫌いだって言いながら、自分のせいですごい傷付けたって、あのあともずっと泣いてたよ」

本当はこれは教えるつもりはなかったけれど、本音をぶつけてきた真生に、匡も敬意を払うことにした。

祥平が心の中では、この従兄弟《いとこ》のことを大事に思っていたからこそ、傷付いたし、傷付けたと泣いていたことも。

匡の言葉に、真生はふいと視線を落とし、どこか悔しそうに唇を歪《ゆが》めながら笑った。

「……祥ちゃんのそういう天然なところ、昔からすごいムカつくんですけど…。人のこと突き飛ばして泣かせておいて、そのくせあとから『ごめんな、ごめんな』って、僕以上に大泣きしながら謝ってきたりして…」

「はは。祥らしいな」

たしかに真生のような人間から見れば、裏表のほとんどない祥平にはどうにも太刀打《たちう》ちできなくて、だからこそ苛立つのだろう。

ある意味、無敵の強さだ。

「まぁ、あいつのそういう掛け値なしの純粋さとか、まっすぐなところに、俺はもちろん……克実《かつみ》や、あのひねた忍《しのぶ》ですら、やられてんだろな…」

目を細めて呟《つぶや》くと、真生はもう、それ以上はなにも言わなかった。

代わりに、一つ大きな溜め息を吐く音が聞こえてくる。

「一応、お前には悪かったと思ってるよ。……謝らないけどな」

真生に対して取った自分の態度が、決して褒《ほ》められるものではないことは重々承知している。わざと深く傷付けたことも。

だが先に仕掛けてきたのは真生のほうだし、振ったこと自体を謝るつもりもない。

それを真生も分かっていたのか、ひょいと肩を竦めた。

「別にそんなのいいです。もし謝られたりしたら、なんかもっとムカつきそうだし……。それに俺も、祥ちゃんに謝ったりなんてしませんから」

きっぱり言い切ると、真生はどこかすっきりしたような顔で、『じゃあこれで。お疲れ様でした』とぺこりと頭を下げた。


「あ、匡。きたきた。お疲れー」

教室へ戻ると、祥平の周りに幾人かの人垣ができているのが見えた。どうやらクラスメイトとなにか笑って話をしていたらしい。

克実はすでにもう帰ってしまったのか、見回しても姿が見えない。そのことに心の中でチッと舌打ちする。

匡が教室に戻ってきた途端、祥平のまわりを取り囲んでいた男達は、さぁっと波が引くように散らばっていった。

「無事、生徒会の引き継ぎは済んだのか?」

「ああ。待たせたな。帰るか?」

「うん。あ……俺、途中でアイス買いたい。コンビニの期間限定のチョコソフトのやつ」

「はいはい」

頷《うなず》きながら鞄《かばん》を手にとる。そのときふと、匡はあることに気付いてすっと祥平の胸元に手を伸ばした。

「ボタン、二つも外れてるぞ」

だらしないだろと、下のボタンを一つ止めてやる。本当は襟元《えりもと》まできっちり全部止めてやりたかったが、さすがにそれは酷だろう。

ちらりと周囲に目をやると、先ほどまで祥平と話していた奴らが、気まずそうに目を泳がせる。

それにすっと目を細めた匡は、祥平の背を押すようにして教室をあとにした。


「……祥。お前さ、教室であんまり下までボタンを外すなよ」

「だって、最近すげー暑いじゃん」

期末テストも無事終わりを告げ、すぐそこに夏休みが迫ってきている。

この時期、外はもちろん、教室だってうだるように暑いのは匡も十分承知している。

承知してはいるが。

「じゃあTシャツかなんか、下に着てろって」

「だから、暑いんだってば…」

新作のチョコソフトを手に入れて、満足そうにそれを舐《な》める恋人は、健全な太陽の下だというのに、なんだか妙に卑猥《ひわい》に見える。

溶けていくクリームを必死で舐め取ろうとするその舌遣いが、あのときの舌の動きを彷彿《ほうふつ》とさせるからだろうか。

「そのままだと、お前のピンクの乳首が見えそうで嫌なんだよ」

「ぶ…っ。い、いきなり……やらしいこと言うなよ！」

ソフトクリームで汚れた口元を拭《ぬぐ》いながら、小声で睨《にら》み付けてくる恋人の耳は、ほんのりと赤い。

「お前のことは、常にいやらしい目で見てるからな」

「……そういうの、ドヤ顔でいうか？　普通」

なぜか照れた様子で俯《うつむ》きがちになった祥平は、『ほんと、匡ってそういうとこ…』とぶつぶつ呟いた。

「それにそういう目で見てるのって、俺だけじゃないからな。お前のおっぱいが見たくてちらちらしてる、他の男の視線が気になって仕方ないんだよ」

さきほどの胸くそ悪い光景を思い出してぼやくと、今度こそ祥平は絶句したように、真っ赤になって押し黙った。

慌てて胸元を押さえるその手つきが、かえっていやらしい。

「た、匡にしか……触らせたりしねーもん…」

言いながら、ぷいと視線を逸《そ》らせた恋人のあまりの可愛《かわい》らしさに、匡は『……クソ。今の携帯の動画でとっときゃよかった』と本気で後悔してしまう。

「それでも誰にも見せたくないの。……中学の頃は、学校のプールなんか壊れればいいって本気で呪《のろ》ってたぞ。水道管が破裂して、使えなくなればいいとかな」

幸いなことに高校の体育は選択式で、プールはほとんど使用しなかったが、中学のときは必須科目だったのだ。

あのときは本気でムカついたと真剣に呟くと、さすがに少し引いたのか、祥平はその口元を引きつらせた。

「祥。アイス溶けてるぞ？」

「あ……」

食べる手が止まった途端、祥平の持っていたソフトクリームが端から溶けだし、チョコレート色の汁が指先にまで垂れてきてしまっている。

あわあわしながらティッシュを探す祥平の手首を、匡はすいと持ち上げると、濡《ぬ》れたその指先に付け根から舌を這《は》わせて、舐めとった。

「あ…ん…っ」

途端、祥平がビクリと肩を震わせる。

ふいに飛び出た甘い声に一瞬驚いたが、祥平の方も、自分の漏《も》らした声の甘さに衝撃を受けたらしい。

「……い、いきなり、人の指とかっ、舐めんなよ」

ささやかな行為に、思わず反応してしまったのが恥ずかしくてならないのか、そんな風に文句を言う顔はすでに涙目だ。

「そりゃ悪かったな。でも、俺がお前の身体で舐めてないとこないいんだけどな?」

今さら指くらいでなにを言うんだかと肩を竦めると、祥平はさらに真っ赤になって、肩をプルプルと震わせた。

「なんか最近、特に敏感になってきてないか?」

「う、うっさいな! ……誰のせいだよ…っ」

それはもちろん、俺のせいですが。

もともと感じやすい身体ではあったが、抱けば抱くほど、その反応はますます素晴らしくなっている気がする。

特にこのところ、祥平が自分からも積極的に動くようになってきたせいもあってか、入れただけで達してしまうこともままあった。

もちろん色っぽい恋人の姿は、匡としては大歓迎なのだが。

その細い腰つきをじっとりと眺めながら、『一昨日《おととい》の晩のアレはよかったな…』などと不埒《ふらち》なことを思い返していたのが、どうやらバレたらしい。

「どこ見てニヤニヤしてんだよ！」

突然、ダンと足を思いきり踏み付けられて、匡はぐうっと前のめりに俯いた。

……相変わらず、容赦《ようしゃ》がないな。

「ったく。匡のほうこそ、どんどんエロオヤジ化が加速してんじゃね？」

「それはまぁ、エロイ恋人を抱いてると自然とそうなるというか…」

まるで祥平のせいだとでも言わんばかりの言い分に、祥平の瞳が猫の目のように、キラーンと光るのが見えた。

――あ。なんだかヤバイ気が…。

「……へぇ？　そうかよ。そりゃ悪かったな」

「いや、今のは言葉のアヤというか……」

「ふーん…」

その大きな瞳が、ゆっくりと細められる。

ああ、なんだかまたもや地雷を踏んだような気が……。

「ならさ。たまには変わってみる？」

「……へ？」

「俺ばっかされるんじゃなくて、たまには俺が匡を抱くほうになればいいんじゃねーの？　そしたら匡のエロオヤジ化も少しは抑えられるだろ？」

青天の霹靂《へきれき》とも言える突然の提案に、身体がピシリと固まった。

「い……いきなり、どうしたんだ？」

まさか本気じゃないよなと思いつつも、動揺を押し隠して尋ねると、祥平は妙に楽しげな様子で目を細めた。

「別にぃ？　ただ前からちょっと思ってはいたんだよね。俺も一応は男なんだし、俺ばっかり下なのもなんか不公平だよなって。……なぁ。もし俺が匡のこと抱きたいって言ったら、させてくれんの？」

――ちょ、まっ……う、嘘だろう？

夏だからというのとはまったく別の理由で、どっと汗が全身に噴き出すのを感じる。

たしかに……祥平の言葉には一理ある。

あるとは思うが――でもしかし。

「……こ、考慮させてくれ…」

今すぐにはとても答えられない。

せめてしばらく考える時間が欲しいと右手を上げると、なぜか祥平の方が驚いた様子で、目を見開いた。

「え、マジで？」

「いや……祥だって、そりゃいつまでも童貞は嫌だよなとは思うし、これから一生俺としかしないならどうしても他では経験できないことになるわけだし、そうしたらやっぱり俺とするしかないわけで。不公平と言われればたしかにそうだし、でも俺が下とかビジュアル的にもかなり無謀というか……」

どうやら自分でも思った以上に、動揺しているらしい。

祥平にされるのが嫌だと言うよりも、自分が受け身でアンアン言う姿が想像できない。というよりも脳が考えるのを拒否している。

ぶつぶつ言いながらも真剣に悩みはじめた匡に、祥平はますます驚いたように目をぱちくりとさせた。

「……なんだ？」

「いや……まさか、匡がマジで考えるとは思わなかったから」

「……おい」

思わずがくっときたのは、こちらの方だ。

祥平としては軽い冗談のつもりだったのに、まさか匡がそこまで真剣に悩みはじめるとは思ってもみなかったらしい。

「わー。……なんか俺、今すごい愛されてるなぁって気がしたわ」

「そうですか…」

そんな当たり前のことで、今さら感動しないで欲しい。

匡の返事がよほど意外だったのが、祥平は上機嫌な顔でふふと笑うと、手の中のソフトクリームにぱくりとかぶりついた。

「……でもなぁ。俺、匡にしてもらうの好きだしな。……だから、やっぱそっちは次の倦怠《けんたい》期《き》にでもとっとくことにするよ」

「そ、そうか…」

――よかった。

あからさまにホッとした様子で頷くと、祥平はソフトクリームを舐めながら、ずいと顔を寄せてきた。

こちらの顔を覗《のぞ》き込んでくる目が、楽しそうにカーブを描いているのを見て、一瞬激しくドキリとする。

「でも、言っとくけど。もし次の倦怠期に、匡がまた浮気したら……今度は俺も浮気するからな?」

「しっ、してない！　浮気とかしてないだろっ！　『また』とか人聞き悪いこと言うな！　浮気なんて、本当に一度もしたことないし…っ」

なんてことを言うんだと、慌てて顔を横に振る。

今回もしてないし、次回の予定ももちろんない。

顔を青ざめさせながら否定する匡の前で、祥平はなぜか忍によく似た笑い方で、ニッコリと微笑んだ。

「高槻《たかつき》とかなら、頼めば相手してくれそうだよな？　あの人、結構遊んでるらしいから、たぶん男相手でも上手《うま》い気がするし」

「しょ……祥平さん…？」

「それか、春《はる》兄の部下の柴田《しばた》さんでもいいかも。あの人って、言葉遣いとか物腰もすごい上品だけど、帰国子女だっていうし、なんかいろいろとすごい経験積んでそうだよな。……大人の魅力もいいよな」

「……もう、もう。やめてください…」

考えるのも恐ろしいと、匡は血の気の失せた顔を両手で覆った。

まさか、これが祥平の復讐なのだろうか。

「うう。祥が…。俺の純真無垢《むく》だった祥が……」

いつの間に、そんなに汚れた大人になってしまったんだ……とさめざめと泣く振りをすると、祥平は呆《あき》れたような目をしてみせた。

「……無垢じゃなくしたのは誰なんだよ…。っていうか、マジにとるなよ」

祥平は残っていたソフトクリームのコーンをぱくっと口の中に放り込むと、パンパンと軽く手を叩いた。

「ヤなら、絶対、浮気すんなよ？」

上目遣いに可愛く釘《くぎ》を刺されて、ぶんぶんと何度も縦に首を振る。

……これだから、祥平には絶対に敵《かな》わないのだ。

「絶対しないよ」

誓うように、その指先と指先を絡めるようにきゅっと繋《つな》ぎ合わせる。

匡が愛してやまない無敵の恋人は、それに花のような笑顔で笑った。

こんにちは。可南です。ルチル文庫様では、初めまして。

初めにいくつか諸注意があります。

このお話はいわゆるラブコメです。高校生バカップルの恋愛メインのお話です。

どうぞ若くて青い二人が織りなす痴話ゲンカとその日常恋愛模様を、ゆるーくお楽しみくださいませ。

……これだけで、今回のご挨拶を終わりにしてしまいたいぐらいの勢いで、ただいまジタバタと悶絶中です。

思えばこんな古い作品を、よくもこうして単行本になどしてくださったなぁと、担当様の太っ腹さには本当に頭が下がります。

なにも見なかったフリでそのまま世に送り出すのはどうしても無理がありまして、一応、あちこちに手を加えてみました。

といってもあまり手を入れてしまうと、キャラの性格や勢いまで失ってしまうことになりかねないので、そのあたりの匙加減がとても難しく…。

正直、これまったく違うお話を新しく書き下ろした方が早いよね……と思うくらい、途中で何度も意識が遠くなりかけました。

『やっぱりなかったことにできませんかね……』とか真剣にぼやいててすみません。

それでも『あのノリ好きなんですよ』と言い続けてくださった担当様と、『バカップル三兄弟の続きを読みたい』と応援してくれた友人たちのおかげで、なんとかこうして形になりました。ありがとうございます。

途中からはもはや開き直って、キャラの青さや突っ走り具合を楽しんで書きました。『こいつらアホだな…』と鼻先で笑いながら、ついニヤニヤするようなバカップルが今も昔も好きなようです。

そしてそんな世界に、可愛いくも華やかな彩りを添えてくださいました、花小蒔先生。素敵なイラストを本当にありがとうございました！　たくさんいただいたラフをニヤニヤと眺めております。どれも可愛かったので、できれば全部採用したかったです。

そして最後に。読んでくださいました読者様にも、深く感謝しています。少しでもニヤニヤできているところがあるよいのですが……。

今年はいつもよりもハイペースで頑張る予定ですので、もしまたどこかで見かけましたら、どうぞよろしくお願いします。

ではでは〜。

２０１５年　春　可南さらさ

✦初出　恋の時間……………………………同人誌掲載作品を大幅改稿
それら愛しき日々……………同人誌掲載作品を大幅改稿
無敵の恋人……………………書き下ろし

可南さらさ先生、花小蒔朔衣先生へのお便り、本作品に関するご意見、ご感想などは
〒151-0051 東京都渋谷区千駄ヶ谷 4-9-7
幻冬舎コミックス　ルチル文庫「北上家の恋愛模様　次男編」係まで。

幻冬舎ルチル文庫

北上家の恋愛模様　次男編

2015年2月20日　第1刷発行

✦著者　可南さらさ　かなん さらさ

✦発行人　伊藤嘉彦

✦発行元　株式会社 幻冬舎コミックス
〒151-0051 東京都渋谷区千駄ヶ谷 4-9-7
電話 03(5411)6431［編集］

✦発売元　株式会社 幻冬舎
〒151-0051 東京都渋谷区千駄ヶ谷 4-9-7
電話 03(5411)6222［営業］
振替 00120-8-767643

✦印刷・製本所　中央精版印刷株式会社

✦検印廃止

ISBN978-4-344-83340-1　C0193　Printed in Japan

「幻冬舎ルチル文庫」

大好評発売中

［闇探偵 ～Careless《ケアレス》 Whisper《ウィスパー》～］

愁堂れな

イラスト▼陸裕千景子

秋山慶太とミオこと望月君雄は現在蜜月同棲中。そんなある日、ミトモの店に出向くと、天使のような美青年アイがいた。慶太に「助けて」と抱きつき、泣きじゃくるアイ。嫉妬を覚えるミオだったが、慶太はアイからストーカー被害に遭い困っている、と依頼され引き受ける。だが慶太がそのストーカーを殺害した容疑で逮捕されてしまい……!?

本体価格560円＋税

［手の届く距離で］

椎崎夕

イラスト▼サマミヤアカザ

ある事情で家を出た長月八尋は、事故に遭いかけた比奈を助けた際に病院へ運ばれる。そこで、優しげな雰囲気だがその瞳は冷静な東上史朗と出会う。調査事務所所長だという東上は礼を兼ね、八尋をバイトとして雇うと言い出す。連れてこられた東上の家は、散らかり放題。同居しつつ片づけのバイトを始めた八尋は次第に東上に惹かれていくが……。

本体価格660円＋税

発行●幻冬舎コミックス　発売●幻冬舎